행복에 대한 소망

정태성 수필집

머리말

　행복을 꿈꾸는 것은 어쩌면 당연한 것이겠지만, 살아가다 보면 어렵고 힘든 불행한 시간이 우리를 압도하기도 합니다. 그런 아픈 시간을 이겨내야 또다시 행복에 대한 소망을 이룰 수 있는 것이 아닐까 싶습니다.

　어려운 환경이 주어지더라도, 어떠한 일이 닥치더라도, 내가 할 수 있는 일이 없을지라도, 나의 한계를 넘어서는 일이 일어나더라도, 행복에 대한 소망을 포기하지 않기로 하였습니다.

　행복에 대한 소망을 포기하지 않는 이유는 제 자신을 사랑하기 때문입니다. 겨우 몇십 년을 살아가고 끝내야 하는 이 세상에서 나 자신을 진정으로 사랑하는 사람은 나여야 한다는 마음이 들었습니다.

　과거에 어떠한 일이 있었던 것은 상관하지 않고 오늘 행복하고 내일도 행복하기 위해 나의 행복에 대한 작은 소망을 결코 포기하지 않으렵니다.

2023. 5.

글쓴이

차례

1. 나는 어떤 상태로 있는가

몇 년 전 한라산 정상인 백록담에 오른 적이 있었습니다. 새벽 4시 정도에 출발해 5시간 정도 걸려 올라갔습니다. 처음 올라간 한라산 정상이었습니다. 오래전부터 등반을 하고 싶었지만, 기회를 계속 놓쳤고 더 이상 미루고 싶지 않았습니다. 학회를 하던 중 갑자기 오르고 싶은 마음이 들었습니다. 다음날 오전 일정을 비우고 무작정 한라산을 올랐습니다. 오르는 과정이 결코 쉽지 않았습니다. 운동을 오랫동안 하지 않은 상태였기에 힘에 부쳤습니다. 갑자기 오르느라 다른 사람 없이 혼자 등반을 하느라 더욱 힘들었던 것 같습니다. 오르던 도중 일출이 있었고 어두컴컴한 주위가 밝아오기 시작했습니다. 고개를 들어 하늘을 보니 무척이나 맑은 날씨였습니다.

정상까지 오를 수 있을지 걱정이 되었으나 아무 생각 없이 한 걸음씩 올라갔습니다. 그렇게 5시간 정도가 지나고 드디어 한라산 정상인 백록담에 도착했습니다. 몸은 힘이 들고 다리는 너무 아팠지만, 마음은 구름 위를 나는 듯했습니다. 오래도록 바라던 것을 하고 나니 가슴이 벅차올랐습니다. 백록담에 서서 주위를 바라보았습니다. 그날따라 너무나 맑은 날씨

덕분에 주위의 멋진 풍경은 물론 멀리 제주도 앞바다까지 선명하게 보였습니다. 한라산 정상에서 바라본 제주의 바다는 장관 그 자체였습니다. 이런 것을 느끼기 위해 산을 오른다는 것을 다시 한번 느낄 수 있었습니다. 당시 몸은 많이 힘들었지만, 마음만은 더 이상 바라는 것이 없는 상태였습니다.

살아가다 보면 우리는 많은 상황에 처하게 됩니다. 불행을 겪기도 하고, 사랑하는 사람을 잃기도 하며, 오래도록 원하던 것을 이루지 못하기도 하고, 제발 나에게 일어나지 않았으면 하는 일들이 일어나기도 합니다.

하지만 어떤 상황에 처하건 자신이 어떤 상태로 있는지가 훨씬 중요하지 않을까 싶습니다. 아무리 어려운 상황이라도 나 자신이 올곧이 서 있을 수 있다면 아무리 힘든 것이라도 문제가 되지 않을 것입니다. 한라산을 오르느라 몸이 매우 힘들었지만, 정상에서 바라보았을 때 그 순간은 힘든 몸이 하나도 느껴지지 않았던 것처럼 말입니다.

아무리 힘들거나 어려운 일이 나에게 다가오고, 불행히 나를 감싸더라도, 내 마음의 상태가 문제가 되지 않는다면 그러한 것들은 나에게 하나도 어려운 것이 아닐 것입니다.

그렇게 된다면 불행 가운데에서도 행복을 찾으려 할 것이고, 실패한 가운데서도 성공을 찾으려 할 것입니다. 나의 상태가 결국 나의 많은 것을 결정하게 될 것입니다.

해결하기 어려운 문제가 나를 덮치더라도, 극복하기 힘들 것 같은 것들이 나에게 다가오더라도, 그것을 자신 있게 이겨낼 수 있는 방법을 찾으려 하는 나의 상태가 새로운 길로 나를 이끌어 나갈 것입니다.

행복할 수 있는 조건보다는 행복해질 수 있는 나의 상태가 행복을 가져다줄 것입니다. 그렇게 된다면 어떠한 상황이 나에게 일어나더라도 나는 그러한 것과는 상관없이 행복한 상태로 살아갈 수 있을 것 같습니다. 많은 것이 주어져도 만족함을 모르는 사람이 있는가 하면, 주어진 것이 별로 없더라도 만족함을 아는 사람이 될 수 있을 것입니다.

내가 어떤 상태로 있느냐에 따라 나의 존재가 결정되는 것이 아닐까 싶습니다.

2. 금요일 저녁에 얻었던 기쁨

　여름이 시작되던 지난 6월 셋째 주 금요일이었다. 나는 그날 하루종일 전라도 부안에 있었다. 저녁이 다가올 때 다시 청주로 향했다. 그날이 드라마 창작반 첫 수업 날이었다. 금요일 저녁이었고, 부안에서 너무 늦게 출발하는 바람에 첫날부터 지각이었다. 6시 30분에 수업 시작이었는데, 도착하고 나니 7시 40분 정도였다. 자기소개 같은 것은 이미 끝난 것 같았고, 한창 수업이 진행되고 있어서 제일 뒤에 가서 살그머니 앉았다. 첫날부터 이렇게 늦다니 20주 수업을 무사히 마칠 수 있을지 걱정이 앞섰다.

　우연히 신청한 드라마 수업이었다. 아무런 배경지식도 없이, 심지어 드라마에 대한 관심도 별로 없는 상태에서 얼떨결에 신청했었다. 드라마 창작반을 모집한다는 광고가 눈에 띄었고 정말 아무 생각 없이 지원했었다. 드라마라는 새로운 것에 대한 인연은 그렇게 시작되었다. 텔레비전을 거의 시청하지도 않고, 특히 드라마 같은 경우에는 일 년에 한두 편 볼까 말까 하는 내가 어떻게 드라마 공부를 시작할 생각을 했는지 지금 돌아봐도 이해가 되지 않는다. 어쨌든 드라마라는 것이 그렇게 나에게 다가왔다.

첫 수업부터 하루종일 운전을 하다 와서 그런지 너무나 피곤했다. 그래도 이왕 시작했으니 열심히 해야겠다는 마음으로 선생님 말씀에 귀를 기울였다. 열정적으로 설명을 하시는 모습에 내가 과연 이 수업을 따라갈 수 있을지 염려가 되었다. 첫날 수업은 지각을 해서 그런지 마음도 뒤숭숭했고, 몸도 따라주지 않아 그냥 헤매다 집으로 돌아왔다.

내가 드라마 대본을 쓴다는 것을 상상해본 적도 없었다. 태어나서 영화나 드라마 대본을 읽어본 적이 한 번도 없었고, 드라마 쓰는 것에 대한 책이 있는지조차도 몰랐다. 아무런 준비 없이 무언가를 시작하는 나 자신이 부끄러울 뿐이었다. 주말을 보내면서 드라마 공부에 대해 검색을 했다. 많이 보는 책들을 알아보았고, 일단 그중에 몇 권을 주문했다.

완전 백지에서 시작한 드라마 공부였지만 그래도 재미있게 공부해야겠다는 마음부터 가졌다. 일단 수업을 열심히 듣고 싶어서 둘째 주부터는 수업이 시작되기 30분 전에 도착해서 앞에서 두 번째 줄에 앉았다. 능력도 없고 아는 것도 없으니 성실하기라도 해야 할 것 같아 이후로도 수업 전에 와서 항상 두 번째 줄에 앉았다.

새로운 것을 배운다는 것이 힘은 들지만 기쁨을 느낄 수 있다는 것을 다시 한번 깨닫게 되었다. 수업 시간 내내 배우는 것들이 전부 새로웠다. 아마 그것이 당연했는지도 모른다. 드라마에 대해서는 완전 백지였으니 말이다. 하지만 시간이 지나면서 그 새로운 것이 삶의 활력소가 되기 시작했다.

금요일 저녁 시간이 기다려졌다. 일주일이 빨리 지나가기를 마음속으로 원했던 것 같다. 전에는 약속을 주로 금요일 저녁에 잡았지만, 드라마 공부를 시작하고 나서는 금요일에는 어떤 약속도 잡지 않았다. 그저 수업 시간에 참석하고 있다는 것만으로도 만족했다. 나의 능력은 내가 잘 안다. 드라마를 배우고 공부하는 것으로 만족하기로 했다. 욕심을 내려놓으니 마음이 편해지고 드라마 수업 시간에서 조그마한 기쁨과 행복을 느낄 수 있었다.

과제도 있고 대본을 쓰는 프로젝트도 있었지만 즐기면서 하기로 했다. 내 실력이야 그대로 나올 테니 거기에 연연하지 않기로 했다. 다른 사람이 내 대본을 읽고 어떻게 생각하건 전혀 신경 쓰지 않기로 했다. 그저 새로운 것을 배우는 것으로 충분하다는 생각을 했다.

무더운 여름이 지나갔고 어느새 가을이 왔고, 그렇게 온 가을이 깊어져 가면서 순식간에 20주가 지나가 버렸다. 지난 20번의 금요일은 나에게 조그마한 기쁨을 주기에 충분했다. 우연히 지원한 수업이었지만 좋은 인연으로 남게 되었다. 이제 이번 금요일이 마지막이다. 금요일 저녁에 얻었던 기쁨이 이제는 끝이 나겠지만, 그동안 주어진 기쁨에 감사할 따름이다.

이제 금요일 저녁에 무엇을 해야 할지 잘 모르겠다. 관성의 법칙은 살아가는 데 있어서도 적용이 되는 듯하다. 왠지 허전하고 수업이 계속되는 꿈을 꾸게 될 것 같기도 하다. 모든 것은 인연따라 오고 인연따라 가는 것이라는 것을 알지만, 그래도 왠지 아쉬움이 많이 남는 것 같다. 이제는 금요일 저녁에 수업을 가지는 않겠지만, 앞으로 그 시간에는 드라마 대본을 쓰는 것으로 그 기쁨을 대신하려고 한다. 내 마음속에서는 드라마 수업이 주는 기쁨이 그렇게 계속되기를 희망하고 있는 것 같다.

3. 가난의 아픔

　가난을 원하는 사람은 아마 없을 것이다. 하지만 삶이란 그리 만만하지가 않기에, 나름대로 노력한다고 하더라도 가난에서 벗어나지 못하는 경우가 너무나 많다. 최상규의 〈한춘무사〉는 가난한 가장의 가슴 아픈 이야기이다.

　"그러나 눈앞에서는 아무런 사건도 일어나지 않고 있다. 누가 길바닥에 넘어지기라도 했으면 좋겠다. 십 원짜리 떡국을 파는 저 바퀴집 포장에 불이라도 붙어봤으면 좋겠다. 아니면 삼차 대전이 터졌다는 호외라도 돌았으면 좋겠다. 그런데 그런 일은 하나도, 정말로 하나도 일어나지 않고 있다. 그리고 그는 기다리고 있다. 그런 것을 기다리고 있는 게 아니다. 자기의 차례를 기다리고 있다. 기다리지 않아도 된다. 그는 금방이라도 훌훌 먼지라도 털어버리듯이 그 일을 집어치우고, 저 자유의 대열 속으로 뛰어들 수 있다. 그러나 그는 그러지 못한다. 그가 기다리지 않으면 다른 사람들이 하나씩 앞당겨서 그것을 기다릴 것이기 때문에."

　아무리 일을 하고 싶어도 일자리가 없었다. 어떤 일이건 맡겨만 주면 자신의 모든 것을 바쳐서 열심히 일할 수 있는데도, 사회 전체의 불경기로 인해 어떤 일자리도 주어지지 않았

13

다. 시대를 잘못 타고난 것일까? 진정 자신이 능력이 없는 것일까? 삶은 결코 우리의 마음대로 되지 않는다.

"아내는 살아 있었다. 그 표시로 이맛살을 찌푸리었다. 그리고 입으로는 신음 소리를 토해내었다. 그 옆에서 어린 것이 또 소리를 질러 울었다. 바보 같은 것, 바보 같은 것. 살아 있는 것이 고마웠다. 그러나 눈을 든 아내가 미웠다. 몽둥이로 때려주고 싶었다. 그는 일어서서 부엌으로 나갔다. 솥에서는 김이 나고 있었다. 솥을 떼내었다. 새로 갈아 넣은 새까만 연탄의 열아홉 개의 빨간 구멍에서 푸른 불꽃이 널름널름 피어오르고 있었다. 그는 거기에다 솥의 물을 왈칵 쏟아버렸다. 뜨거운 김과 먼지와 재가 쫙! 폭발하였다. 그리곤 새까만 암흑으로 변하였다. 그는 사발을 찾아들고 김칫독을 더듬었다. 동치미 국물을 어림으로 한 사발 떴다. 열려진 부엌문 밖으로는 이웃집 낮은 창문에 감빛 광명이 어려 있었다. 태고적 이야기라도 도란도란 울려 나올 것 같은 밤이었다."

너무나 가난했기만 허름한 집에서 살 수밖에 없었고, 운명의 장난인지 모르나 그 허름한 집의 틈새에서 연탄가스가 새어 나왔다. 평생 같이 살아야 할 아내를 그 찌든 가난으로 인해 잃을 뻔하였다. 가난은 아마도 사람의 목숨마저 너무나 쉽게 가져가는 것인지도 모른다.

"문득 여태껏 있지 않았던 새로운 광희가 가슴속에 치밀어올랐다. 아내가 살아 있었다. 그의 처사에 역행해서 싱싱하게 내달렸고, 그가 한 발짝 빨리 돌아왔음으로 해서 영원히 눈감아버리기를 면했었다. 자, 이젠 이걸 마시고 정신을 차려

라. 그리고 어디 한번 다시 시작해보자. 바로 그게 내가 원했던 것이기도 하다. 그날이 바로 입춘날이었다."

아무리 가난하더라도 사랑하는 사람이 옆에 있는 것만으로도 만족해야 하는지도 모른다. 어쩌면 좋은 날이 조만간 올 것이기에, 그날이 언젠가는 반드시 올 것이기에.

4. 가족이라는 끈

　가족이기에 서로의 아픔을 더하고, 사랑을 더하는 것일까? 가족이란 가장 사랑하면서도 그 사랑하는 사람으로부터 가장 큰 상처를 받는 것 또한 현실일지 모른다. 윤대녕의 〈빛의 걸음걸이〉는 한 가족의 과거와 현재를 잇는 세월의 흐름에 관한 이야기이다.

　" '엄만 늘 모질게 날 대했지만 이상하게 원망을 해본 적은 없어. 정말 이상하지? 근데 요즘 와서 그 이유를 조금 알 것 같애'

　거기에도 무슨 이유가 있는 것일까. 하긴 이유가 있겠지. '엄마한테는 내가 제일 가까운 사람였던거야. 살기가 좀 어려웠니. 그래서 속이 상할 때면 날 가지고 괜히 구박하고 그랬던 거야.' 어머니가 죽고 나면 이 사람이 내 마음속 어머니가 되리라. 따뜻한 두부 같은 사람."

　엄마가 나에게 모질게 대했어도 나는 왜 엄마를 미워하지 않았던 것일까? 다른 사람 같았으면 벌써 끝날 수 있었는데 말이다. 가까운 사람이었기에 그냥 나오는 대로 대했던 것일까? 그것이 아픔이 되는 줄 알면서도, 그렇게 살아갈 수밖에 없었던 것일까? 마음속으로는 그러지 않으려 해도 그것이 그리 쉽지만은 않은 것이 현실이란 커다란 삶의 무게 때문인 걸까?

"언젠가는 햇빛을 받아 누렇게 색이 바래고 두루마리처럼 안으로 말려버릴 테지. 우리들 인생처럼. 그리고 나면 이 집과 함께했던 우리 세월의 기억도 점점 희미해지겠지. 하지만 나중에라도 왠지 너만은 모든 걸 다 기억하고 있을 것 같아. 해바라기 밭에서 찍은 사진도 네가 가지고 있다는 걸 난 알아. 어느 여름날 우리는 해바라기 푸른 대궁 사이에 숨어 겁 없이 입을 맞췄지. 너는 그 큰 눈으로 일생처럼 나를 바라보고 있었어. 혹은 내가 너를"

함께 했던 그 시간은 영원히 남아 있을 수밖에 없다. 하지만 그러한 시간을 부인하는 사람도 있다. 그럴 경우 가족의 그 단단한 끈마저 잃고 말 것이다. 그 끈을 놓는 경우 이 세상 그 어디서도 다시는 그러한 끈을 얻지는 못하리라.

모든 것은 마음속에, 그리고 기억 속에 남아 있을 것이다. 그 많은 순간을 함께 했었는데 그것이 어디로 가겠는가? 그 모든 것을 부인하고 원하지 않더라도 그 함께 했던 시간들은 존재를 넘어 영원할 수밖에 없다.

" '갔어!'

조용히 말해도 될 텐데 그는 굳이 외쳐 말하고 있었다. 이토록 고요한 밤에도 귀가 어두운가. 일어나서 내가 불을 켜려고 하자 그가 내 손목을 차갑게 거머쥐었다.

'냅두고 나와!'

나는 그에게 손목이 붙들려 방 밖으로 나갔다. 마루로 막 올라서려다 말고 그가 해바라기방에서 했던 말을 되풀이했다.

'네 에미가 갔다고!'

그제야 나는 안방에 무슨 일이 일어났는지를 퍼뜩 깨달았다. 서쪽방과 동쪽방은 아직 깊이 잠들어 있었다. 이어 부들부들 떨리는 다리를 겨우 가누고 안방으로 들어섰을 때 맨 먼저 내 눈에 들어온 것은 어머니의 머리맡에 놓여 있는 흰 고무신이었다."

기쁨과 아픔, 행복과 불행을 함께했던 사랑했던 가족과도 언젠가는 작별을 할 수밖에는 없다. 그래도 함께 했던 그 순간들은 아름다웠을 것이다. 그 어떤 경우에도 가족이란 그 끈은 우리의 마음속에서 존재의 흔적으로 영원히 남아 있을 것이다.

5. 오는 바도 없고 가는 바도 없다

　물은 자유롭다. 어느 그릇에 담기든 상관하지 않는다. 조그만 그릇에 담기면 담기는 대로 커다란 그릇에 담기면 담기는 대로 그릇의 크기에 상관하지 않는다. 물은 그릇의 형태에도 상관하지 않는다. 동그란 그릇에 담기면 동그란 모습으로, 직사각형 모양의 그릇에 담기면 직사각형 모습으로 그렇게 존재한다.

　나와 모든 것이 같은 사람은 존재하지 않는다. 성격이 다르고, 취향이 다르며, 인생의 목표가 다르고, 좋아하는 것이 다르고, 원하는 것이 다르고, 하고자 하는 것이 다르고, 능력이 다르고, 그 모든 것이 다르다.

　나는 주위의 모든 사람과의 관계에서 물처럼 자유롭게 살아가고 있을까? 나와 생각이 다르다고, 내가 원하는 대로 그 사람이 따라주지 않는다고, 그를 마음속으로 배제하고 있는 것은 아닐까?

　내가 생각하는 것에 집착하고, 내가 원하고 바라는 것에 집착하는 이상 나는 물처럼 진정한 자유를 얻기는 힘들 것이다. 그것을 이루지 못해서 마음이 아프고, 내가 원하는 대로, 생각하는 대로, 기대하는 대로 되지 않아 속상하기만 할 것이다.

　내가 원하는 대로 되지 않을 수 있고, 내가 바라는 대로 되지 않을 수가 있다. 그것이 어쩌면 당연한 것인지도 모른다. 내 주위에 있는 사람은 당연히 나와 다를 수밖에 없기에, 그 사람이 어떤 행위와 말을 하는 것에 집착하는 이상 나는 결코 그 사람으로부터 자유를 얻을 수가 없다.

　"저 사람은 도대체 왜 그럴까?" 라는 생각 자체가 나 스스로 내면의 자유를 방해하고 있는 것인지도 모른다. 상대도 나를 보고 "저 사람은 도대체 왜 저럴까?" 라는 생각을 하고 있는지도 모른다.

　"오는 바도 없고, 가는 바도 없다" 라는 말은 진정으로 나 자신의 내면의 자유를 얻을 수 있게 해주는 것이 아닐까 싶다. 오고 가는 것은 중요하지 않다. 내 입장에서는 오는 것이고 상대의 입장에서는 가는 것일 뿐이다.

6. 연꽃을 보며

　일요일 새벽에 일어나 달리기를 하다 보면 가끔 연꽃이 많이 피어있는 방죽을 지나곤 한다. 그리 큰 방죽은 아니지만 예쁜 연꽃이 충분히 많이 있다. 그냥 지나칠 수가 없어 벤치에 앉아 조금 휴식을 취한 후, 연꽃을 감상하고 그 앞에서 사진을 찍기도 한다.

　연꽃의 뿌리는 진흙 속에 묻혀 있다. 우리는 보통 진흙을 더럽다고 생각하곤 한다. 손으로 진흙을 만져보면 끈적끈적하게 묻어나고 왠지 그 속에 온갖 것들이 들어 있어 그렇게 생각하는 듯하다.

　더럽고 깨끗하다는 기준은 어디에 있는 것일까? 우리는 왜 진흙을 더럽다고 인식하는 것일까? 물론 진흙을 더럽지 않다고 생각하는 사람이 있을 수 있겠으나 아직 나는 그러한 사람을 만나지는 못했다. 내가 만난 모든 사람 중에 진흙을 깨끗하다고 한 사람은 없었다.

　연꽃은 더럽고 깨끗한 것 상관없이 진흙에 뿌리를 내리고 성장하여 예쁜 연꽃을 활짝 피워낸다. 그 연꽃을 보고 우리는 아름답다고 생각하여 사진을 찍는 것이다. 하지만 연꽃이 뿌리를 내리고 있는 진흙을 좋다고 해서 만지는 사람은 거의 없다. 같은 연꽃임에도 불구하고 위에 핀 연꽃은 아름답다고 하고 그 연꽃을 피워내기 위해 땅으로부터 영양분과 수분을 공급해 주는 진흙은 달가워하지 않는다. 만약 연꽃의 뿌리가 내려진 진흙이 없었다면 우리가 좋아서 사진을 담는 그 아름다운 연꽃은 피지 못했을 텐데도 말이다.

모든 사람에게는 좋은 면이 있지만 좋지 않은 면도 있다. 대부분의 경우 우리는 처음에 만난 사람이 마음에 들어 좋아하다가, 시간이 지나 그 사람과 갈등을 일으키거나 내가 그 사람에 대해 마음에 들지 않은 면을 경험하게 되면, 그전에 그를 칭찬하던 사람이 그 사람을 더욱 싫어하며 좋지 않은 말을 하곤 한다. 상대는 원래 그런 사람이었는데도 말이다.

이 모든 것은 나의 인식의 불완전함에서 나오는 것이 아닐까? 같은 사람을 놓고 좋아했다가, 싫어했다가, 배려했다가, 미워했다가 하는 것이 당연한 것인지는 모르나, 그로 인해 서로에게 상처가 된다면 차라리 시작을 하지 않는 것이 나을지도 모른다.

변하지 않는 마음을 가지는 것이 쉬운 일은 아니나 연꽃을 본다면 그리 어려운 것도 아니라는 생각이 든다. 연꽃은 위나 아래나 다 하나일 뿐이다. 진흙에 박혀있는 뿌리는 더럽고, 물 위에 피어있는 꽃은 아름다운 것이 아니라, 뿌리부터 꽃까지 하나의 개체인 연꽃 그 자체인 것이다. 뿌리가 진흙에 박혀있어 더러우니, 뿌리는 버리고 아름다운 연꽃만 따서 집으로 가져간다면 몇 시간도 지나지 않아 그 예쁜 연꽃은 시들어 말라 죽을 뿐이다.

나의 인식의 한계가 나의 마음과 주위의 다른 사람과의 아름다운 관계에 파탄을 일으키는 중요한 요인이 될 수도 있다. 내가 생각하는 그 사람이 진정 그 사람의 본 모습이 아닐 수 있고, 내가 판단하는 그 사람의 어떠한 점이 어쩌면 더 좋은 면을 놓치고 고작 뿌리가 내린 진흙만을 보는 나의 사고의 편협함인 것인지도 모른다.

　어떠한 존재건 그 존재의 모든 면과 진정한 모습을 볼 수 있는 사람은 존재하지 않는다. 나의 인식의 한계를 아는 것이야말로 아름다운 연꽃을 제대로 볼 수 있는 것이 아닐까 싶다.

7. 나비

꽃 위에 살며시 앉았다가 다시 폴짝 뛰어올라 팔랑팔랑 날아다니는 나비를 보면 나도 모르게 미소가 피어난다. 예쁜 무늬와 색깔을 가진 저 나비도 한때는 보기 흉한 애벌레였던 시절이 있었을 것이다. 애벌레 시절의 나비는 당시의 모습에 불만이 많았을지도 모른다. 왠지 모르게 흉측해 보이고, 날고 싶어도 날 수도 없고, 날기는커녕 꼬물꼬물 기어 다니는 자신의 느림에 속상하기도 했을 것이다. 하늘은 저렇게 높고 푸른데 자신의 세상은 그저 나뭇잎 위, 그것이 전부라고 생각했을지도 모른다. 언제 새나 다른 곤충들에게 잡아먹힐지도 모르는 공포에 떨기도 했고, 비가 오면 그 빗물에 쓸려 떠내려갈지도 모르는 두려움도 있었을 것이다. 매일 똑같은 녹색 나뭇잎만 갉아먹어야 하는 것이 지겨웠을지도 모른다.

모든 살아있는 것은 시작과 끝이 있는 법, 처음부터 완성된 형태로 태어나는 존재는 없다. 저 우주 공간의 찬란히 빛나는 별들도 시작은 아주 조그마한 티끌부터 시작된다. 그 티끌 주위에 있는 것들이 모이고 모여 많은 시간이 지나고 별이 되기 위한 모든 과정을 거친 후에야 비로소 밤하늘의 빛나는 존재가 될 수밖에 없다.

모든 존재의 형태가 다르듯, 애벌레 또한 나비가 되기 위한 하나의 단계의 모습일 뿐이다. 자신이 날아갈 하늘을 쳐다보며 나뭇잎을 꾸준히 갉아먹고, 비가 오면 재주껏 나무 이파리 사이로 비를 피해야 하고, 바람이 불면 혹시나 날아갈까 봐 나뭇잎을 꽉 붙잡고 있어야 할 것이다. 뜨겁게 내리쬐는 태양 빛을 피하기 위해 애써 그늘을 찾아다녀야 하고, 천적들의 먹이가 되기 위해 온몸이 온통 연두색의 모습으로만 살아가야 할 것이다. 다른 존재들이 자신을 볼 때 보기 흉하고 끔찍해야 손을 대거나 건들지도 않을 것이다. 만약 애벌레가 너무 예쁘고, 만지기에도 좋은 촉감이라면 지나가는 모든 존재들이 그 애벌레를 가만히 두지 않을 것이다.

　그렇게 애벌레는 겪어야 할 것을 다 경험해야만 한다. 피하고 싶지만 피할 수도 없고, 원하지 않는 일들도 부딪히게 된다. 하지만 그러한 것들을 나름대로 통과해야 나비가 되기 위한 단계에 이를 수 있을 것이다. 그 순간이 언젠가는 찾아올 것이다. 멋진 날개를 펼치고 화려한 모습으로 푸른 하늘을 훨훨 날아다닐 수 있는 그런 아름다운 순간이 애벌레에게도 찾아올 것이다. 지금의 순간은, 비록 어렵고, 힘들고, 만족스럽지도 못하고, 다른 세상만 바라보고 있을지 모르지만, 어느 순간 그 모든 것이 추억으로 남겨진 채 훨훨 날아오를 순간이 올 것이다. 우주 공간의 조그만 티끌이었기에 별이 될 수 있듯이, 보기 흉하고 기어 다니기만 하는 애벌레였기에 언젠가는 아름다운 날개를 가진 나비가 될 수 있을 것이다.

　나의 지금의 모습이 비록 애벌레 같다는 생각이 들어도 속상해하거나 아쉬워할 필요가 없다. 비가 오면 피하고, 바람이 불면 나뭇잎을 꽉 붙잡고, 햇빛이 따가우면 그늘을 찾고, 매일 똑같지만 나뭇잎을 부지런히 먹고, 나를 괴롭히는 존재들을 살살 피해 다니다 보면, 애벌레의 시절이 끝나고 예쁜 나비가 되는 때가 올 것이다. 오늘 아침 우리 아파트에도 나비가 날아다니고 있었다. 이른 아침부터 세상이 좋아서 일찍 나왔나 보다. 그 모습을 보며 저 나비도 애벌레였던 시절이 있었겠구나 하는 생각이 들었다. 누구나 애벌레였던 시절은 있는 법, 나비가 되는 순간이 언젠가는 올 것이다.

8. 2대에 걸친 아픔

　일제 강점기와 한국 전쟁이라는 시대의 소용돌이 속에서 살았던 사람들의 고통과 아픔은 아마 치유되지 못할 정도의 것인지도 모른다. 하근찬의 〈수난 이대〉는 아버지와 아들에 걸쳐 이어졌던 삶의 고단함을 이야기하고 있다.

　"만도는 정신이 아찔했다. 공습이었던 것이다. 산등성이를 넘어 달려든 비행기가 머리 위로 아슬아슬하게 지나가는 것이었다. 미처 정신을 차리기도 전에 또 한 대가 뒤따라 날아드는 것이 아닌가. 만도는 그만 넋을 잃고 굴 안으로 도로 달려들었다. 달려 들어가서 굴 바닥에 아무렇게나 엎드려져 버리고 말았다. 그 순간이었다. 꽝! 굴 안이 미어지는 듯하면서 다이너마이트가 터졌다. 만도의 두 눈에서 불이 번쩍 났다. 만도가 어렴풋이 눈을 떠 보니 바로 거기 눈앞에 누구의 것인지 모를 팔뚝이 하나 놓여있었다. 손가락이 시퍼렇게 굳어져서 마치 이끼 긴 나무토막처럼 보이는 것이었다. 만도는 그것이 자기의 어깨에 붙어 있던 것인 줄 알자, 그만 으악! 하고 정신을 잃어버렸다. 재차 눈을 떴을 때는 그는 푹신한 담요 속에 누워 있었고 한쪽 어깻죽지가 못 견디게 쿡쿡 쑤셔 댔다. 절단 수술은 이미 끝난 뒤였다."

나라를 빼앗긴 민족이었기에 아무런 저항도 하지 못한 채 일제에 의해 징용에 끌려갈 수밖에 없었다. 운명과 시대의 흐름에 개인은 나약함 그 자체였다. 아버지에게 무슨 잘못이 있고, 어떤 죄가 있기에 그렇게 소중한 팔 하나를 어이없이 잃어버려야만 했던 것일까?

"저쪽 출찰구로 밀려가는 사람의 물결 속에, 두 개의 지팡이를 의지하고 절룩거리며 걸어 나가는 상이군인이 있었으나, 만도는 그 사람에게 주의를 기울이지는 않았다. 기차에서 내릴 사람은 모두 내렸는가 보다. 이제 미처 차에 오르지 못한 사람들이 플랫폼을 이리저리 서성거리고 있을 뿐인 것이다. 그 놈이 거짓으로 편지를 띄웠을 리는 없을 건데. 만도는 자꾸 가슴이 떨렸다. 이상한 일이다, 하고 있을 때였다. 분명히 뒤에세

'아부지!'

부르는 소리가 들렸다. 만도는 깜짝 놀라며 얼른 뒤를 돌아보았다. 그 순간 만도의 두 눈은 무섭도록 크게 떠지고 입은 딱 벌어졌다. 틀림없는 아들이었으나 옛날과 같은 진수는 아니었다. 양쪽 겨드랑이에 지팡이를 끼고 서 있는데, 스쳐가는 바람결에 한쪽 바짓가랑이가 펄럭거리는 것이 아닌가. 만도는 눈앞이 노오래지는 것을 어쩌지 못했다. 한참동안 그저 멍멍하기만 하다가, 코허리가 찡해지면서 두 눈에 뜨거운 것이 핑도는 것이었다."

국가는 무엇을 위해 존재하는 것일까? 전쟁을 결정하는 사람은 국민을 어느 정도 생각했던 것일까? 무엇을 위한 전쟁

이기에 그 수많은 사람의 목숨마저 한낱 종이잣처럼 생각되었던 것일까?

"만도는 아랫배에 힘을 주며 '끙!' 하고 일어났다. 아랫도리가 약간 후들거렸으나 걸어갈 만은 했다. 외나무다리 위로 조심조심 발을 내디디며 만도는 속으로 이제 새파랗게 젊은 놈이 벌써 이게 무슨 꼴이고. 세상들 잘못 만나서 진수 니 신세도 참 똥이다. 이런 소리를 주워섬겼고, 아버지의 등에 업힌 진수는 곧장 미안스러운 얼굴을 하며, '나꺼정 이렇게 되다니, 아부지도 참 복도 더럽게 없지. 차라리 내가 죽어 버렸더라면 나았을 낀데.' 하고 중얼거렸다. 만도는 아직 술기가 약간 있었으나, 용케 몸을 가누며 아들을 업고 외나무다리를 조심조심 건너가는 것이었다. 눈앞에 우뚝 솟은 용머리재가 이 광경을 가만히 내려다보고 있었다."

시대와 역사의 거친 풍파에도 불구하고 아버지와 아들을 연결해주는 끈은 영원하다. 설령 국가가 사라지더라도, 그 끈은 계속해서 존재한다. 아버지와 자식이라는 그 인연은 아마 국가라는 존재보다 더 위대할지 모른다.

9. 서정주 시에 나타난 삶의 단면

　서정주 시인은 우리나라 현대 문학의 가장 대표적인 시인이
라 할 것이다. 그는 1915년 전북 고창에서 태어났다. 어릴 때
마을의 서당에서 한학을 공부한 후 1935년 중앙불교전문학교에
입학을 한다. 이듬해인 1936년 동아일보 신춘문예에 '벽'이라
는 시로 당선이 되어 본격적인 시인의 길을 걷는다. 1941년 첫
시집 '화사집'을 출간한 이래 시인으로서 확실히 자리매김하
게 된다. 이 글에서는 서정주의 가장 대표적인 시를 바탕으로
그의 시에 나타나는 삶의 단면을 살펴볼까 한다.

〈꽃밭의 독백(娑蘇의 斷章)〉

노래가 낫기는 그중 나아도
구름까지 갔다간 되돌아오고,
네 발굽을 쳐 달려간 말은
바닷가에 가 멎어 버렸다.
활로 잡은 산돼지, 매로 잡은 산새들에도

이제는 벌써 입맛을 잃었다.
꽃아, 아침마다 개벽하는 꽃아.
네가 좋기는 제일 좋아도,
물낯 바닥에 얼굴이나 비춰는
헤엄도 모르는 아이와 같이
나는 네 닫힌 문에 기대섰을 뿐이다.
문 열어라 꽃아. 문 열어라 꽃아.
벼락과 해일만이 길일지라도
문 열어라 꽃아. 문 열어라 꽃아.

　사소(娑蘇)는 길을 나섰다. 구도자가 되어 영원한 절대 세계를 열망하여 그 길을 나섰다. 그녀는 인간, 그 인간의 한계를 너무나 잘 알고 있었다. 그 한계를 넘어서고 싶었다. 그녀가 바라는 마음속의 세계는 무궁하건만, 인간의 유한성 그 한계 안에 갇혀 그것을 넘어서고자 그저 길을 나섰다.
　커다랗게 노래를 불러보아도 멀리 가는 듯 하나 구름 너머를 벗어날 수가 없고 아무리 빠른 말을 타고 달려도 바닷가에 이르는 것이 고작이었다. 산에 가서 잡은 멧돼지, 금방 날던 새를 잡아먹어 보아도 새로움이 없었다. 사소는 이제 인간의 유한성에 더 이상 머물고 싶지 않았다.
　아침마다 피어나는 꽃을 보니 자연은 영원하건만 어찌하여 인간은 이리도 유한하단 말인 것일까? 그 자연과 하나가 되어 인간의 한계를 넘고 싶건만 왜 이리도 힘이 든단 말인 것일까?

결국 사소는 그저 문에 기대어 서서 인간의 한계를 받아들일 수밖에 없었다. 하지만 그녀의 영원에 대한 갈망은 멈출 수 없어 소리 내어 울부짖었다. 그 한계를 막고 있는 문을 열어달라고. 그녀의 열망을 꽃은 알아듣기나 하는 것일까? 사소의 그 열망은 그녀가 낳은 박혁거세에 이르러 이루어졌을까?

삶은 어쩌면 한계를 느끼고 그 한계를 깨려 노력하는 과정 그 자체인지도 모른다. 사소는 그것을 알았던 것이 아닐까?

〈동천〉

내 마음속 우리 님의 고운 눈썹을
즈믄 밤의 꿈으로 맑게 씻어서
하늘에다 옮기어 심어 놨더니
동지섣달 날으는 매서운 새가
그걸 알고 시늉하며 비끼어 가네.

살아가면서 우리가 쏟아붓는 수많은 시간의 노력은 얼마나 가치가 있는 것일까? 낮이건 밤이건 나름대로 최선을 다해서 살아왔던 우리의 인생은 어느 정도의 의미가 있는 것일까? 살아오는 순간마다 최선의 선택을 하려고 애를 썼고 그 선택으로 인한 책임으로 나의 모든 것을 쏟아부으며 살아왔건만 우리의 그러한 삶의 시간들은 우리 자신에게 무엇을 돌려주었을까?

삶의 많은 것들을 위해, 그것이 사랑이건, 자신만의 궁극적

목표이건 나 자신이 옳다고 믿는 것을 위해 최선을 다한다는 것은 어떤 의미일까? 나름대로의 그러한 노력은 어느 정도의 보람으로 돌아올 수 있는 것일까?

이제는 우리의 그러한 삶의 노력들을 하늘에 맡길 때가 된 것은 아닐까? 주어진 시간이 많이 남지 않기에, 앞으로 할 수 있는 일들이 그리 많지 않기에, 이제는 그동안 노력의 결실을 보고 싶을 때도 된 것은 아닐까?

다만 바라는 것은 지나온 시간들의 그 많은 노력과 애씀을 하늘도 어느 정도 알아주기를 바랄 뿐이다. 만약 그것마저 없다면 그동안의 모든 선택과 최선이 너무 허무하지 않을 수 없을 것이다. 아무리 힘이 센 운명이라도 우리의 남은 시간을 위해 어느 정도 비껴갔으면 한다. 이제는 그러한 것에 맞설 수 있을 만한 여력이 없는 것 같다. 삶은 나의 힘과 능력에 비해 너무나 크다.

〈귀촉도〉

눈물 아롱아롱
피리 불고 가신 님의 밟으신 길은
진달래 꽃비 오는 서역 삼만 리
흰 옷깃 여며 여며 가옵신 님의
다시 오진 못하는 파촉 삼만 리

신이나 삼아 줄 걸, 슬픈 사연의

올올이 아로새긴 육날 메투리
은장도 푸른 날로 이냥 베어서
부질없는 이 머리털 엮어 드릴 걸

초롱에 불빛 지친 밤하늘
굽이굽이 은하물 목이 젖은 새
차마 아니 솟는 가락 눈이 감겨서
제 피에 취한 새가 귀촉도 운다
그대 하늘 끝 호올로 가신 님아

　인생을 살아가다보면 너무나 울고 싶은 날이 있다. 가슴이
미어터지도록 울고 싶은 날이 있다. 나의 울음은 소쩍새의 그
것과 공명이 되는 것 같다. 너무나 서글픈 울음이다.

　한밤중 산속에서 들리는 소쩍새의 울음은 무슨 사연일까?
나처럼 소쩍새도 그리 슬픈 일이 있는 것일까? 울어서 지칠
때까지 끝없는 그 아픔은 왜 그리도 잔인한 것일까?

　나의 모든 것을 잃었기에, 다시 돌이킬 수 없기에 나의 슬픔
은 극한에 다다를 수밖에 없다. 내가 할 수 있는 영역이 아니
며, 그 누구도 할 수 있는 것이 아니다. 죽음은 그래서 절대적
인 슬픔인 것 같다.

　그는 다시 돌아올 수 없는 길을 떠났다. 서역으로 삼만 리,
파촉으로 삼만 리, 돌아올 수 없는 강을 건넜다. 아무리 소리
쳐도 대답도 없고, 아무리 손을 흔들어도 반응조차 없다. 그저
그렇게 떠나가 버렸다. 그래서 삶은 비극인지도 모른다.

그렇게 먼 길을 갈 줄 알았으면 초라한 신발 한 켤레라도 마련해 줄 것을 그마저 해주지 못했다. 머리카락 한 번만이라도 더 만져나 볼 걸 그것도 못했다.

하지만 이제는 어쩌랴, 다 부질없는걸. 희망조차 품을 수 없고 그리움도 사치에 불과한 것을. 나는 그저 그렇게 밤새워 목 놓아 우는 것 밖에 할 수 있는 것이 없다. 소쩍새가 밤새 우는 것처럼.

〈신부〉

신부는 초록 저고리 다홍치마로 겨우 귀밑머리만 풀리운 채 신랑하고 첫날밤을 아직 앉아 있었는데, 신랑이 그만 오줌이 급해져서 냉큼 일어나 달려가는 바람에 옷자락이 문 돌쩌귀에 걸렸습니다. 그것을 신랑은 생각이 또 급해서 제 신부가 음탕해서 그새를 못 참아서 뒤에서 손으로 잡아당기는 거라고, 그렇게만 알곤 뒤도 안 돌아보고 나가 버렸습니다. 문 돌쩌귀에 걸린 옷자락이 찢어진 채로 오줌 누곤 못 쓰겠다며 달아나 버렸습니다.

그러고 나서 40년인가 50년이 지나간 뒤에 뜻밖에 딴 볼일이 생겨 이 신부네 집 앞을 지나가다가 그래도 잠시 궁금해서 신부방 문을 열고 들여다보니 신부는 귀밑머리만 풀린 첫날밤 모습 그대로 초록 저고리 다홍치마로 아직도 고스란히 앉아 있었습니다. 안쓰러운 생각이 들어 그 어깨를 가서 어루만지니 그때서야 매운 재가 되어 폭삭 내려앉아 버렸습니다. 초록 재와 다홍 재로 내려앉아 버렸습니다.

오해는 우리의 인생에 있어 비극이 될 수도 있다. 중요한 것은 자신이 그 오해를 모른다는 것이다. 우리는 왜 오해를 하는 것일까? 여러 가지 이유가 있겠지만 자아가 너무 강할수록 오해의 소지가 커질 수 있다. 자아가 강한 사람일수록 자신이 생각하는 것이 옳고 자신의 판단이 틀리지 않았다고 생각하기 때문이다.

오해가 별것 아니라고 생각할 수도 있다. 물론 오해가 사소해서 그다지 큰 문제가 되지 않고 시간이 어느 정도 지나 잘 풀리면 문제가 되지는 않을 것이다. 하지만 어느 경우에는 그 오해가 생각대로 해결되지 않고 이상한 방향으로 흘러 우리 인생의 커다란 문제를 일으키고 전혀 생각지도 않은 비극으로 끝날 수도 있다.

사소한 오해가 커다란 문제로 증폭될 수 있는 것은 우리 삶에 있어서 수많은 변수가 곳곳에 존재하기 때문이다. 물리학에 보면 나비효과라는 것이 있다. 아마존 강에 있는 나비의 날갯짓이 시간이 흐름에 따라 수많은 변수로 인해 중국의 만리장성을 무너뜨린다는 것이다. 이러한 것이 가능할까? 충분히 가능하다. 카오스이론이 이를 분명히 증명하고 있으며 우리 현실에서 언제든 일어나고 있다.

삶의 과정에서 많은 사람을 만나게 된다. 그 사람들 주에 어떤 사람과의 오해의 시작은 별것이 아니었는데 시간이 지남에 따라 전혀 예상치 않은 변수를 만나 엄청나게 커다란 문제로 비화되기도 한다. 그 오해가 일어났을 때 얼른 풀었어야 했는데, 그렇지 못했기 때문에 나중에 시간이 지나면 돌이킬 수가 없게 된다. 그리고 아주 많은 시간이 흐른 뒤에는 왜 그때 오해를 풀지 않았을까 후회를 하는 것이다.

신랑의 작은 오해는 평생을 같이 살아가야 할 부부관계의 파멸을 불렀다. 그냥 그러려니 하고 받아들였으니 정말 아무 일도 아니었을 것을 그렇게 40~50년이 지나가 버린 것이다. 그 많은 세월의 한을 어찌해야 하는 것일까?

우리의 삶은 돌이킬 수 없다. 한번 지나간 세월은 다시 돌아오지 않는다. 화려한 삶을 꿈꾸는 것보다는 실수가 없는 삶이 더 아름다운 것이 아닌가 싶다. 우리의 오해는 삶의 커다란 아픔을 불러올지도 모르기 때문이다.

10. 왜 포도밭 묘지일까?

〈포도밭 묘지 1〉

기형도

주인은 떠나 없고 여름이 가기도 전에 황폐해버린 그해 가을,
포도밭 등성이로 저녁마다 한 사내의 그림자가 거대한 조명
속에서 잠깐씩 떠오르다 사라지는 풍경 속에서 내 약시(弱視)
의 산책은 비롯되었네. 친구여, 그해 가을 내내 나는 적막과
함께 살았다. 그때 내가 데리고 있던 헛된 믿음들과 그 뒤에
서 부르던 작은 충격들을 지금도 나는 기억하고 있네. 나는
그때 왜 그것을 몰랐을까. 희망도 아니었고 죽음도 아니었어
야 할 그 어둡고 가벼웠던 종교들을 나는 왜 그토록 무서워
했을까. 목마른 내 발자국마다 검은 포도알들은 목적도 없이
떨어지고 그때마다 고개를 들면 어느 틈엔가 낯선 풀잎의 자
손들이 날아와 벌판 가득 흰 연기를 피워올리는 것을 나는
한참이나 바라보곤 했네. 어둠은 언제든지 살아 있는 것들의
그림자만 골라 디디며 포도밭 목책으로 걸어왔고 나는 내 정

신의 모두를 폐허로 만들면서 주인을 기다렸다. 그러나 기다림이란 마치 용서와도 같아 언제나 육체를 지치게 하는 법. 하는 수 없이 내 지친 발을 타일러 몇 개의 움직임을 만들다 보면 버릇처럼 이상한 무질서도 만나곤 했지만 친구여, 그때 이미 나에게는 흘릴 눈물이 남이 있지 않았다. 그리하여 내 정든 포도밭에서 어느 하루 한 알 새파란 소스라침으로 떨어져 촛농처럼 누운 밤이면 어둠도, 숨죽인 희망도 내게는 너무나 거추장스러웠네. 기억한다. 그해 가을 주인은 떠나 없고 그리움이 몇 개 그릇처럼 아무렇게나 사용될 때 나는 떨리는 손으로 짧은 촛불들을 태우곤 했다. 그렇게 가을도 가고 몇 잎 남은 추억들마저 천천히 힘을 잃어갈 때 친구여, 나는 그때 수천의 마른 포도 이파리가 떠내려가는 놀라운 공중(空中)을 만났다. 때가 되면 태양도 스스로의 빛을 아껴두듯이 나 또한 내 지친 정신을 가을 속에서 동그랗게 보호하기 시작했으니 나와 죽음은 서로를 지배하는 각자의 꿈이 되었네. 그러나 나는 끝끝내 포도밭을 떠나지 못했다.

움직이는 것은 아무것도 없었지만 나는 모든 것을 바꾸었다. 그리하여 어느 날 기척 없이 새끼줄을 들치고 들어선 한 사내의 두려운 눈빛을 바라보면서 그가 나를 주인이라 부를 때마다 아, 나는 황망히 고개 돌려 캄캄한 눈을 감았네. 여름이 가기도 전에 모든 이파리 땅으로 돌아간 포도밭, 참담했던 그해 가을, 그 빈 기쁨들을 지금 쓴다 친구여.

의미 있는 삶을 위해 애를 썼지만, 그 의미마저 덧없음을 가을이 돼서야 깨닫고 마는 것일까? 나름대로 최선을 다했지만, 결과건 과정이건 단지 삶의 무게에 눌려 아무런 기쁨과 행복을 누리지 못하는 것은 무엇 때문인 걸까?

이제는 삶에 지쳐 더 이상 흘릴 눈물도 남아 있지 않은 것일까? 누구를 위해, 그리고 무엇을 위해 그동안 그 험한 길을 걸어왔던 것일까?

열매인 줄 알았건만 어차피 사그라져 버릴 껍데기뿐인 것이 어쩌면 인생인지도 모른다. 그 껍데기마저 까맣게 변해버린 채 이제는 땅속으로 들어갈 때가 다가오고 있다.

얼마 전 무더운 여름에만 해도 소망과 희망이 있었기에, 억수로 내리는 비와 뜨거운 햇빛을 버티어 냈는지도 모른다. 하지만 그러한 과정이 어느 정도의 결실이 되기도 했지만, 무언가 허전함은 나의 욕심에서 비롯되는 것일까, 아니면 삶이 원래 그런 것이기에 이제야 깨닫는 것일까?

아름다움도, 성스러움도 묵묵함 속에서 닿을 수 있을 거라 생각했건만, 그마저 이제는 머나먼 곳에 존재하는 사막의 신기루와 같이 잡지 못하는 것인지도 모른다.

존재는 의미와는 그리 상관없이 그 자체만으로도 충분하다는 사실을 조금이나마 일찍 알았더라면 이리도 허탈함을 느끼지 않았을 것을, 그 또한 나의 무지로 인한 것이기에 그 누구를 원망하거나 탓하지는 않는다.

참담함이 있을지언정 나의 존재를 부정하지는 못하기에 그나마 스스로 위안을 삼아 이 가을을 보내야 하는 것이 아닌가 싶다.

11. 머무르다 떠난다

아파트 옆 길가에 은행나무가 줄지어 서 있습니다. 매일 다니는 길이건만 오늘따라 길 위에 수북이 쌓여 있는 노란 은행잎이 눈에 들어왔습니다. 떨어진 은행잎을 보다가 고개를 들어 은행나무를 쳐다보았습니다. 이제 남아 있는 은행잎이 떨어진 것보다 적었습니다. 조금 더 시간이 지나면 저 은행잎도 모두 다 떨어져 버릴 것입니다. 스산한 바람에 집으로 발길을 재촉했습니다.

오래도록 머물다 가기를 바랐습니다. 내게 왔던 그 모든 것들에게 그렇게 소원했습니다. 하지만 내가 바라는 만큼 오래도록 머물다 가는 것은 드문 듯합니다.

모든 것은 생겨나서 어딘가로 가고 잠시 머무르다 때가 되면 그렇게 다시 떠나가는 것 같습니다. 내게 오는 것도 그런 것 같고, 저 또한 아마 그럴 것입니다.

영원을 꿈꾼다는 것은 희망에 불과할 것입니다. 이 세상에 영원이라는 것은 존재하지 않기에 희망이라는 말로 위안을 삼는 것이라는 생각이 듭니다. 우리는 아마 그 희망이라는 단어에 속아 그나마 살아가고 있는 것인지도 모릅니다.

노란 은행잎이 떠나가고 나면 조만간 또 다른 무엇이 찾아올 것입니다. 아마도 얼마 지나지 않아 하얀 눈이 내리겠지요. 그때엔 은행잎이 떠나간 아쉬움을 잊은 채, 하얀 눈을 반길 것입니다.

모든 것은 그렇게 머무르다 떠나지만, 그 어딘가에 흔적은 남아 있을 것입니다. 그것이 어떠한 모습이건, 오래도록 지워지지 않을 것입니다. 그러한 흔적이 모여, 삶을 이루는 것이 아닐까 싶습니다. 아름다운 흔적도 있지만, 아쉽고 미련이 남는 것도 있을 것입니다.

잠시나마 나에게 머무르고 있는 것을 사랑하려고 합니다. 그것이 어떠한 것이든 상관하지 않겠습니다. 나에게 왔다는 것 자체가 엄청난 인연이라는 것을 알기 때문입니다.

머무르다 떠나가는 것에 대해 미련을 가지지 않겠습니다. 내가 아무리 소원하고 바라더라도 그것은 나의 영역이 아니기 때문입니다. 아쉽게 떠나갈지라도 그동안 머물렀던 것에 고마워하려고 합니다.

집에 와서 생각해 보니 노란 은행잎 하나를 주워올 걸 하는 생각이 들었습니다. 내가 좋아하는 책 속에 넣어 간직하면서 올해의 은행잎의 흔적을 그렇게 기억하려고 합니다. 올가을의 있었던 일들도 나의 마음속에 남아 있겠지만, 노란 은행잎과 함께라면 더 좋을 것 같습니다. 내일 퇴근하는 길에 은행잎 하나 주워오려고 합니다. 아마 내일까지는 은행잎이 거리에 남아 있을 것입니다.

12. 누구나 아픔은 있기 마련이다

　우리 주위에 아픔이나 상처가 없는 사람은 있을까? 살아가
는 것이 힘든 이유는 이겨내기 힘든 그러한 것들로 인함이
아닐까 싶다. 손영목의 〈여섯 장면의 짧고 슬픈 드라마〉는 자
폐 자녀를 둔 한 부부의 가슴 시린 단편 소설이다.

　"다행히도 저만치 고궁 담벼락을 끼고 조성되어 있는 간
이 공원이 시야에 들어온다. 윤주를 데리고 그곳으로 가서 벤
치에 털썩 앉는다. 시끄럽고 분주한 도시의 한가운데서 혼자
외돌토리로 떨어져 앉은 이 삭막함과 처량함, 영락없는 열패
자의 꼬락서니다. 저 많은 사람들의 눈에 내가 그렇게 비치겠
지. 무슨 상관이람. 너희들이 날 밥 먹여주느냐고. 내 슬픔과
고통과 눈물이 너희들한테 무슨 상관이야. 관심이나 있어? 그
렇게 생각하니 저절로 목이 메며 눈앞이 흐려진다. 눈을 꼭
감았다가 뜬다. 떨어지는 눈물방울이 뺨을 간질인다."

　나의 아픔을 알아주는 사람은 아무도 없다. 세상 사람은 각
자 자신의 삶에 관심이 있을 뿐이다. 감당하기 힘든 고통과
어려움도 온전히 내가 감당해야만 한다.

　자폐아 언어장애를 가진 어린 딸을 매일 대할 때마다 얼마
나 마음이 속상하고 힘들까? 그것은 직접 경험하지 못한 사

람은 이해할 수조차 없을 것이다. 그러한 슬픔과 고통을 어디까지 감내할 수 있는 것일까?

"윤주가 나를 빤히 쳐다보고 있다. 이 맑고 예쁜 눈이, 눈의 표정이, 이 아이의 경우는 자폐증의 증거란 말인가. 아냐, 그렇지 않아. 밉살스러운 것들. 대상이 분명하지 않은 분노와 적의가 뱃속에서 슬며시 고개를 쳐든다. 나는, 우리 가족은 왜 이렇게 살아야 하는가. 윤주는 내 앞에 가만히 서 있다. 끌어다 옆자리에 앉힌다."

삶은 원하지 않는 것들이 어느 순간 우리에게 다가온다. 내가 바라지 않았던 것들이, 전혀 예상하지 않았던 일들이 나의 주위를 압박하며 어서 무너져내리라고 명령한다. 모든 것을 포기하라고, 어서 무릎을 꿇으라고, 나를 찍어누르고 있다.

왜 이러한 일들이 나에게 다가온 것일까? 도대체 어디서부터 잘못되었길래 이러한 일들이 나에게 오는 것일까? 그저 평범하게 살아가는 것조차 그렇게 힘든 것일까?

"생각해 봐, 윤주의 말문이 열린 게, 이게 보통 기적이야? 당신과 나의 간절한 기원이 운명의 신을 감동시킨 거라고. 그러나 기적은 한 번으로 족해. 더 이상의 것을 바라면 우리가 나쁜 인간이 되고, 한 번의 기적도 물거품으로 돌아가고 말지 몰라. 아니, 틀림없다고, 무슨 말인지 모르겠어?"

삶에는 아픔과 고통이 있기 마련이지만, 가끔은 삶이 우리에게 기적을 선물하기도 한다. 전혀 생각하거나 상상하지 않았던 일들이 우리에게 불쑥 나타나기도 한다. 그런 기적이 일어났을 때 왜 이제 나타났냐고, 좀 더 일찍 나타나지 왜 그리

늦게 온거냐고 말할지도 모른다.

아름다운 순간이, 기대하지 않았지만 그 기대가 이루어지는 순간이, 눈물이 날 정도로 기쁜 순간이 우리 삶의 어느 지점에서 기다리고 있을지 모른다. 우리의 삶에는 분명히 믿지 못할 그러한 날들이 언젠가 분명히 찾아오리라 믿고 싶다.

13. 사소한 시비가 지옥을 부른다

아귀란 생전에 죄를 많이 지어 사후 아귀도에 떨어진 인간들의 혼이 변한 존재라고 한다. 이승에서 물질적으로나 정신적으로 탐욕스럽게 산 자가 아귀로 환생한다고 한다. 사실 아귀도가 있는지 환생이 가능한지 나는 잘 모른다. 하지만 우리가 살아가는 이곳이 지옥처럼 변할 수는 있다는 생각이 든다.

흔히 아귀다툼이라는 말을 한다. 서로 물고 뜯고 비난하다 보면 현실에서 그 사람들이 아귀가 되어 싸우고 있는 모습을 가리키는 것이 아닌가 싶다.

장아함경에 보면 자신의 이익을 추구하는 이기주의는 세상과 나를 분리된 객체로 인식하는 데 원인이 있다고 말한다. 이 세상에 완벽한 사람이 있을까? 자신이 생각하는 것이 항상 옳고 자신은 잘못이 하나도 없다고 생각하는 순간, 그는 아귀로 변할 가능성이 있다. 바로 이기주의의 시작이다. 다른 사람을 자신과는 분리된 객체로만 생각하기 때문이다.

이 세상은 오직 자신으로만 존재하는 사람은 없다. 우리 모두는 서로 이리저리 얽혀 살아가고 있을 뿐이다. 나 자신 또한 다른 사람의 영향에 의해 내 존재를 이루어 왔기에 현재의 내가 되었고, 다른 사람 또한 그 자신뿐 아니라 나를 포함한 다른 존재들의 상호작용으로 인해 오늘에 이르게 된 것이다.

모든 생각의 기준을 나로 잡는 순간, 아귀다툼의 순환으로 빠져들 수밖에 없을 것이다. 내가 보았을 때 타인의 조그마한 잘못이 크게 보이고, 이로 인해 그를 비난하고 미워하고 배척하고 거부하게 된다. 타인이 또한 그렇다면 이는 현실이 지옥문을 열어주는 계기가 되는 것이다.

사소한 시비는 증폭되어 점점 커지게 되고, 그러한 시비 다툼이 자신의 자존심과 타인에 대한 미움과 결합하여 아귀다툼이 되어버리고 만다. 누가 옳고 누가 옳지 않은지 따진다는 것은 그 기준에 따라 달라질 뿐이다. 자신이 기준이 된다면 자신 외에 모든 것은 옳지 않은 것이 되어버리고 말기에, 그러한 세상은 바로 지옥이 되고 만다. 나 스스로 나 자신을 지옥에 가두게 되며 수많은 시간을 그렇게 살아가게 된다.

사실 사소한 시비를 멀리서 바라본다면 그리 심하게 싸울 만한 것이 되지 않는다. 나 스스로, 또한 타인도 마찬가지로 그것을 엄청난 것처럼 인식했을 뿐이다.

어떤 사람은 그 사소한 시비를 별것 아니라고 생각하여 그냥 받아들이고 넘기는 사람이 있는가 하면, 어떤 사람은 끝까지 그것을 따져 어떻게든 결단을 내리려고 하는 모습이 바로 그러한 것을 증명하고 있는 것이다.

자신이 타인을 정죄한다면, 타인도 나를 정죄하게 된다. 다른 사람에게 오른쪽인 것이, 타인에서 바라보면 왼쪽이 되는 것이다. 누구는 그렇게 오른쪽을 왼쪽이라고 독설을 내뿜고, 다른 누구는 왼쪽이 오른쪽이라고 억지를 부리는 것이다.

사소한 시비가 삶을 커다란 아귀의 구렁텅이로 몰아넣을 수 있다. 이는 그냥 지나가면 아무것도 아닌 것을 스스로 아귀로 환생 되기를 바라고 있는 것일지도 모른다. 그냥 넘어가도 되는 것을 스스로 그렇게 지옥문을 열어젖히고 마는 것이다.

아귀다툼은 서로에게 상처만 남길 뿐이다. 자신이 옳다고 아무리 주장해도 그것은 단지 자신의 생각일 뿐이다. 아직도 자신이 옳고 타인이 전부 잘못이라고 생각하고 있는가? 지옥을 경험하기 전에 어서 그것으로부터 자유로워져야 하지 않을까?

14. 삶의 불확실성

우리는 살아가다 보면 좋은 일인가 싶었던 것이 좋지 않은 일이 되고, 좋지 않았던 것이 좋은 것으로 되기도 한다. 삶은 불확실성으로 가득한 것이 아닐까? 권태웅의 〈가주인산조〉는 한국전쟁 당시 불확실한 삶의 한 단면을 경험한 남성 꼽추의 이야기이다.

"그러나 얼마나 다행한 일인가. 나의 메마른 가슴에 촉촉한 봄비를 뿌려주고 간 그녀의 탐구. 나는 전쟁이 터지지 않았던들 여자의 순결한 미학을 감득하지 못했을 것이며, 광막한 대지의 하늘에 무한대로 뻗어만 간 백색의 탄젠트 곡선을 휘잡아 내릴 수는 더욱 없을 것이다."

한국전쟁이 나고 모든 것이 불행한 일들로만 가득한 줄 알았다. 게다가 주인공은 꼽추였기에 그에게 관심을 주는 사람도 없고, 마음을 쓰는 사람도 없었다. 모든 사람들이 피난을 갔을 때 그는 그저 서울에 남아 삶을 흘러가는 대로 내버려두었다.

"이것은 아현동 색시가 나에게 남기고 간 마지막 목소리가 될 줄은 나는 상상하지 못했다. 설사 내가 미리 알았던들

별수가 있을 까닭도 없었다. 그 여자의 머리카락을 휘여잡고 부디 전쟁 동안만이라도 나를 버리지 말아 달라고 정신없이 울었을 것이다. 나는 아현동 색시가 파괴하고 간 나의 서정의 균형을 눈물 없이 지탱할 수가 없는 것이다. 나는 완전히 그녀가 폭풍처럼 일으켜놓은 막중한 역사의 구렁에 대하여 매복해버리고 말았다."

그냥 물 흐르는 대로 맡겨둔 삶이었는데 전혀 예상하지 못한 일이 그에게 벌어졌다. 전에 바라거나 소원하지도 못했던 일이 그에게 일어났던 것이다. 꿈에서나 가능한 일들이 그의 눈앞에 현실로 나타났다. 그는 지금의 이 상황이 오래도록 계속되기를 희망했다. 심지어 전쟁이 이어져서 자신에게 주어진 지금의 현실이 파괴되지 않기를 소망했다.

"나는 어느 결에 빌딩들이 수없이 불타버린 잔해를, 옆으로 끼고 있는 광장으로 걸어 나오고 있었다. 나는 갈 곳이 없었다. 내가 갈만한 데는 위리가 없는 서대문 나의 집도 아니요, 아현동 색시가 이제는 재 집이노라고 늠름한 사나이를 데리고 들어온 양옥도 아니다. 나는 웃었다. 나는 울었다. 그 울음과 웃음 뒤의 공허는 한결 서글픈 것이었다. 나는 해가 더 저물기 전에 내가 가야 할 곳을 찾아야 한다는 생각을 하며 발길을 옮겨놓았다. 그러한 내 앞에 소년 하나가 걸어가고 있는 것이 보였다. 붉게 타오르는 황혼이 소년의 검은 머리카락을 노랗게 물들이고 있었다. 나는 줄곧 소년의 뒤를 따라 수시로 빛을 잃는 노을을 향하여 발을 옮겨놓았다."

하지만 삶은 불확실한 일들의 연속이었다. 믿었던 사람에게 배신을 당하고, 사랑하는 사람에게 버림을 받으며, 일어나지 않기를 원하는 일들이 일어나곤 한다.

우리는 삶의 이러한 불확실성에서 얼마나 자유로울 수 있을까? 어떠한 일이 일어나더라도 그러한 것에 예속되지 않고 살아갈 수 있을까? 삶의 불확실함을 받아들일수록 어쩌면 우리의 삶이 확실해지는 것이 아닐까?

15. 내 안에 다른 사람이 있다

모든 것은 서로 연결되어 있는 것이 아닌가 싶다. 나는 다른 사람들의 영향을 받아 지금의 내가 존재하는 것이고, 그동안 살아오면서 나 또한 다른 사람에게 조금씩 영향을 주었던 것 같다.

다른 사람의 글을 읽으며 많은 것을 배운다. 그동안 나의 성장이 그것에서 비롯되었음을 부인할 수 없다. 다른 사람과의 관계에서 인생을 배운다. 나를 좋아하는 사람이건, 나를 싫어하는 사람이건, 나에게 기쁨과 행복을 주었던 사람이건, 나에게 아픔과 상처를 주었던 사람이건 그들에게서 삶의 한 모습을 배워왔다. 나 또한 다른 사람에게 조그마한 영향을 주었을지도 모른다. 모든 것은 그렇게 얽히고 얽혀서 오늘에 이른 것이 아닌가 싶다.

나는 오직 나만의 존재가 아니다. 내 안에 다른 사람이 분명히 존재하고 있다. 그러니 다른 사람을 미워해서는 안 될 것 같다. 나와 다르면 그냥 그대로 내버려 두는 것으로 충분하다. 타인이 가끔 나를 속상하게 할 수는 있지만, 그것으로 끝내고 그에 대한 미움의 감정으로 나아갈 필요는 없을 것 같다.

타인이 내 안에 있다면 그와 심한 논쟁을 벌일 필요도 없지 않을까 싶다. 그의 안에 내가 있기에 그에 대해 심하게 비난하는 것은 나 자신에게 비난하는 것과 마찬가지일 뿐이다.

어쩌면 우주는 그렇게 모든 것이 연결되어 있는지도 모른다. 사실 별의 기원을 생각해 본다면 바로 결론이 나온다. 어떤 한 별이 수명을 다해 죽게 된다면, 그 별의 잔해는 새로운 별이 탄생하는 근원이 된다. 비록 한 별은 죽었지만, 다른 별과 연결되어 새롭게 탄생하는 것이다. 무한히 큰 우주 공간에서도 그러한 일이 일어나거늘, 이 작은 지구 안에서 살고 있는 우리는 어쩌면 더욱 얽혀 있는 운명적 존재라 할 수 있을 것이다. 나란 존재는 다른 사람에게 영향을 받아 그의 일부가 내 안에 존재함으로써 과거의 나를 벗어버리고 새로운 나의 모습으로 되어가는 것이 아닐까 싶다.

직접적인 영향을 미치지는 않았더라도, 어떤 이가 다른 이에게 영향을 주고, 그가 또 다른 이에게 영향을 주고, 그렇게 돌고 돌아 그러한 영향이 나에게 온 것일 수도 있다. 나 또한 다른 이에게 영향을 주고, 그 다른 이가 또 다른 이에게 영향을 주어 내가 모르는 그 어떤 사람에게 나는 간접적으로 영향을 주었을지도 모른다. 그렇게 생각한다면 타인의 일부는 내가 될 수 있고, 나의 일부는 타인이라 할 수 있다.

내가 오늘 만나는 그 누구 안에 나의 일부가 있는지도 모른다. 단지 나 자신이 인식하지 못할 뿐이다. 또한 내가 오늘 만나는 그 사람의 일부가 나의 안에 있는 것인지도 모른다. 그 또한 그것을 알지 못할 수도 있다.

그렇게 본다면 내 주위의 모든 사람을 인정하고 있는 그대로 존중할 필요가 있다. 만약 그렇지 못한다면 그의 안에 있는 내가 아픔을 느낄지 모르기 때문이다. 그런 이유로 오래전의 성인들이 다른 사람을 사랑하라고 했던 것일까? 물론 그것이 어렵겠지만, 가능하기에 그러한 말을 했을 것이라는 생각이 든다.

오늘 내가 만나는 그 누군가에게 내가 있다는 생각을 하니 만나는 모든 이에게 정성을 다해야겠다는 마음이 앞선다. 내 안에 다른 사람이 있다는 것이 어쩌면 나의 삶을 보다 더 행복하게 만들지도 모른다.

16. 영원한 나그네

우리는 인생이라는 길을 가는 영원한 나그네일지 모른다. 어딘가에 마음을 두고자 하나, 그곳도 잠시일 뿐 영원하지 않다. 어딘가에서 피곤한 몸을 쉬고자 하나 그곳 또한 오래 머무를 수가 없다. 누군가에게 의지하고자 하나 그 또한 나와 오래도록 마음을 같이 하지는 못한다. 인생은 결국 나 혼자 정처 없이 걸어가야 하는 나그네의 운명일 수밖에 없다.

나그네 길을 가다 보면 비를 만나기도 한다. 어떤 경우엔 가랑비이기도 하지만, 어떤 경우엔 폭풍우를 만난다. 가랑비도 오래 맞다 보면 온몸이 젖기 마련이고, 폭풍우는 나의 생명에 위협을 주기도 한다. 내 한 몸 비를 피할 수 있는 곳이 있을까?

내가 가야 할 길이 뜨거운 태양이 내리쪼이는 사막일 수도 있고, 높고 험한 산일 수도 있으며, 일 년 내내 모든 것이 얼어붙어 있는 시베리아와 같은 동토일 수도 있고, 넓고 푸른 잔디가 덮인 초원일 수도 있다.

내가 생각하고 계획해서 가는 길일 수도 있고, 전혀 예상하지 못한 일이 일어나는 길일 수도 있다. 나의 선택이 어떠하건 나의 앞길에 무슨 일이 일어날지는 알 수가 없다.

나그네 길을 가기 위해서는 강한 내가 필요할 뿐이다. 영원토록 나와 함께 가줄 사람도 없고, 끝까지 믿고 의지할 수 있는 사람도 없다. 물론 어느 순간 나를 응원하고 격려하며 배려해 주는 사람이 있기는 하지만, 내가 걸어가야 하는 길을 처음부터 끝까지 함께 해주는 사람은 없다.

삶은 그래서 혼자다. 혼자임을 분명히 인식하고 그것을 당연히 여기며 모든 것을 나 스스로 해나가야 한다. 다른 존재를 기대하거나 의지하는 순간 강한 나로 태어나지 못한다.

모든 것을 내가 책임지고, 모든 것을 내가 행해 나가야 한다는 것을 마음속에 새기고, 나 자신이 나그네 길을 걸어 가야 한다는 운명을 스스로 받아들이는 것이 강한 나로 나아갈 수 있는 지름길이 아닐까 싶다.

그 운명을 받아들이는 순간, 전에 느꼈던 힘겨움이나 외로움이 사라질 수 있다. 누구를 의지하고, 누군가를 기대하고, 누군가에게 사랑을 받고 싶고, 누군가에게 인정을 받고 싶은 마음으로부터 자유로워질 수 있는 진정한 나그네로서 다시 태어날 수 있을 것이다.

나그네라 할지라도 외롭지 않을 수 있고, 힘겹지 않을 수 있고, 두렵지 않을 수 있을 것이다. 그 길을 다 걷고 난 뒤에 그동안 걸었던 길의 발자취를 되돌아보았을 때 나 스스로를 자랑스럽고 대견스럽게 생각되는 순간이 진정한 인생의 가치를 느낄 수 있는 시간이 되지 않을까 싶다.

17. 아무것도 아니기에 무엇이든 될 수 있다

    초등학교 미술 시간이었습니다. 담임 선생님께서 진흙을 준비해 오라고 하셨습니다. 다음 날 학교 앞 문방구에서 진흙을 사서 학교에 갔습니다. 미술 시간이 되었을 때 선생님께서는 준비해 온 진흙을 꺼내서 원하는 아무것이나 만들어 보라고 하셨습니다. 사실 저는 선생님께서 만들 것을 지정해 주실 줄 알았습니다. 지정해 주는 것 없이 아무것이나 만들라는 말씀에 막상 만들기를 시작하지 못했습니다. 무엇을 만들까 고민을 하다 한참 시간이 지났던 것 같습니다. 주위를 둘러보니 친구들은 이미 진흙으로 만들기를 시작하고 있었습니다. 더 이상 시간을 끌면 안 될 것 같아 무엇이라도 하나 결정해서 만들기를 시작해야겠다고 생각했습니다.

    당시 제가 제일 좋아했던 것은 우리 집에서 키우던 강아지였습니다. 학교에 갔다 오면 매일 강아지와 노는 시간이 너무 행복했습니다. 아무 형태도 없던 진흙을 가지고 우리 집 강아지를 만들어 가기 시작했습니다. 사실 저는 미술에는 소질이 없어서 진흙으로 무언가를 만드는 것이 몹시도 힘들었던 기억이 납니다. 하지만 나름대로 열심히 우리 집 강아지를 생각하며 정성껏 진흙으로 만들기를 해나갔습니다.

시간이 지나면서 솜씨도 없던 나의 손에서 우리 집 강아지의 모습이 조금씩 나오기 시작했습니다. 머리와 몸통 그리고 네 개의 다리와 꼬리까지, 제법 제가 제일 사랑하는 강아지의 형태가 갖추어지기 시작했습니다. 한 시간 동안 몰입을 하며 진흙과 씨름을 하고 났더니 제 책상 위에는 진흙으로 만들어진 우리 집 강아지가 고개를 들어 저를 보고 있었습니다. 다 만들어진 강아지를 보니 저의 마음도 가득 찬 것 같은 느낌을 받았습니다.

아무것도 아닌 진흙에서 제가 제일 사랑하는 강아지가 태어났습니다. 비록 생명은 없으나 저의 사랑을 나누어 줄 수 있는 또 다른 강아지 한 마리가 태어났던 것입니다. 처음의 진흙 덩어리는 비록 아무것도 아니었지만, 이제는 사랑받는 저의 귀중한 보물이 되었습니다.

아무것도 아니기에 무엇이든 될 수 있는 것 같습니다. 모든 것을 처음부터 시작할 수 있으니 가능한 것이라 생각됩니다.

나 자신 또한 아무것도 아니라는 생각이 듭니다. 아무것도 아니라는 것은 별것도 아니라는 것을 뜻하지는 않습니다. 아무것도 아니라는 것은 희망이 없다는 것을 뜻하지도 않습니다.

아무것도 아니기에 무엇이든 될 수 있는 소망이 있습니다. 아무것도 아니기에 원하는 것을 이룰 수 있는 미래가 있습니다. 아무것도 아니기에 꿈꾸는 그 모든 것을 실현시킬 수가 있습니다.

나이가 들어서도 마찬가지일 것입니다. 비록 젊었을 때의 원대한 꿈이나 소망을 이루지는 못해도 나름대로 이룰 수 있는 것은 많을 것입니다. 단지 그것을 불가능하다고 생각하고 자신이 스스로 용기를 내지 않는 것일 뿐입니다. 세월에 상관없이 무언가를 이룰 수 있을 것이라 확신합니다.

나의 존재의 의의는 지금 무언가를 만들고 있다는 데 있지 않을까 생각됩니다. 나를 진흙 덩어리로 생각해 아무것도 아닌 나를 무엇이든 될 수 있는 나로 만들어 갈 수 있을 것입니다.

나는 아무것도 아니기에 무엇이든 될 수 있어 오늘도 참된 나의 모습을 위해 하나하나 빚어가야 하지 않을까 싶습니다.

18. 뜻을 같이 할 수 없는 사람들

길을 같이 가는 사람이 고집이 세다면 끝까지 함께 가는 것은 쉽지 않을 것입니다. 처음 시작을 같이했으니 마지막까지 같이 가면 좋으련만 그러지 못할 수도 있습니다. 굳이 끝까지 같이 가지 않는다고 하여 그것이 그리 문제가 되는 것도 아닙니다.

예전에는 내가 불편해도 참아가며 함께 가는 사람의 뜻을 따라 끝까지 가려 노력하곤 했습니다. 하지만 시간이 지날수록 점점 더 힘들어지며 마음은 산산이 부서지는 것을 여러 번 경험한 적이 많았습니다.

요즘엔 저의 마음이 편한 쪽을 택합니다. 중간에 힘이 들면 뜻을 같이 할 수 없다고 판단하고 나의 길을 정해 혼자 말없이 걸어갑니다. 생각해 보면 혼자 간다고 해서 나쁜 것도 아니라는 생각이 듭니다. 괜히 뜻이 다른 사람과 억지로 가면서 마음이 힘들어지는 것보다는 낫다는 생각이 듭니다.

길을 같이 가는 사람이 함께 가는 사람을 생각하지 않는다면 그와 같이 갈 필요도 없습니다. 오직 자신만을 생각하는 사람이기 때문입니다. 모든 것을 자신의 주관대로, 자신이 생각하는 것이 기준이라고 한다면, 함께 간다는 것은 오히려 무거운 짐이 되기만 할 것입니다. 그때는 과감하게 그가 가도록 내버려 두고, 나는 나의 길을 가는 것이 옳은 선택이라는 생각이 듭니다.

우리 태양계는 태양이 하나밖에 없습니다. 태양을 중심으로 수성, 금성, 지구 등의 행성들이 움직이고 있습니다. 하지만 다른 태양계에는 태양이 두 개인 경우도 있습니다. 흔히 쌍성계라고 불리는 것입니다. 우주에 쌍성계가 많이 있기는 합니다. 하지만 태양이 하나밖에 없는 태양계가 월등히 많이 존재합니다. 쌍성계의 경우 두 별의 질량 차이가 있기 마련입니다. 두 개의 별은 어느 정도 일정한 거리도 유지하고 있습니다. 하지만 그것이 어느 정도 지나면 질량이 큰 별이 작은 별을 잡아먹기도 하고, 같은 거리를 유지하지 못한 채 멀어지기도 합니다.

만남은 헤어짐이 전제된 것인지도 모릅니다. 또한 헤어짐은 또 다른 만남을 의미하는 것인지도 모릅니다. 만남과 헤어짐은 우리 일상의 한 부분에 불과할 뿐입니다. 그것이 문제가 된다거나 이상한 것이 아닌 당연한 우리의 삶의 일부일 뿐입니다.

같은 직장에서 일하는 동료이건, 학교에서 만났던 친구이건, 영원히 함께 할 수 있는 사람은 그리 많지 않을 것입니다. 뜻을 같이 할 수 없기에 더 이상 인연이 계속되지 않는다고 하여 그것이 문제가 되는 것이 아닙니다. 오히려 각자가 가는 길을 멋지게 가라고 응원해 주는 것이 보다 성숙한 사람의 선택이 아닐까 하는 생각이 듭니다. 함께 하면 좋겠지만, 그러지 못한다고 해서 아쉽거나 마음 쓸 필요는 없습니다. 계절이 바뀌면 변화가 오는 것과 다를 바가 없을 것입니다.

　나뭇잎은 이제 모두 떨어져 앙상한 나뭇가지만 남았습니다. 이제는 하얀 눈이 펑펑 쏟아질 것입니다. 나뭇잎은 그렇게 보내고 천지를 순백색으로 뒤덮을 눈을 기다리면 되는 것입니다.

19. 잠시 쉬어도 됩니다

춘천 마라톤 구간에는 20개 정도의 오르막이 있었습니다. 가장 힘든 구간은 출발선에서 약 28km 정도 지난 곳이었습니다. 경사가 급하지는 않았지만, 2~3km가 계속 오르막이었습니다. 출발하고 20km가 지나자 곳곳에서 다리에 쥐가 나 길바닥에 누워버리는 사람들이 생기기 시작하더니 28km 오르막 구간에는 수십 명의 사람이 쥐가 난 다리를 응급처치하느라 난리였습니다. 구급차가 다니면서 그중 심한 사람들을 태우고 병원으로 향하기도 하였습니다. 응급 구조원들이 달려와 여기저기 도와주느라 정신이 없어 보였습니다.

저 또한 반환점인 21km 정도까지는 괜찮았지만, 25km가 지나면서 점점 다리가 무거워지기 시작했고 체력도 점점 바닥을 보이기 시작했습니다. 목표로 했던 시간대에서 조금씩 밀리기 시작했고 이제는 출발했을 때 마음속에 생각했던 그 시간 안에 들어갈 수 없음을 깨닫게 되었습니다. 그래도 목표로 했던 것을 이루어 위해 다시 힘을 내서 달려 보았지만, 저의 한계를 느낄 뿐이었습니다. 더 이상 무리하게 되면 저 또한 완주는커녕 바닥에 누워 쥐 난 다리를 응급처치하게 될 것 같다는 생각이 들었습니다.

예전에는 목표를 쉽게 포기하지 않았습니다. 어떻게든 이루어보려고 모든 것을 쏟아부어 치열하게 노력했었습니다. 하지만 언제부터인지 그 목표라는 것이 그리 큰 의미가 있는 것은 아니라는 것을 알게 되었습니다. 내가 생각했던 그것을 이루었다고 하더라도 그것이 어떤 경우에는 예상하지 못했던 일들로 변해버리기도 하고, 그 목표가 엄청나게 나에게 좋은 것도 아니라는 것을 알게 되었습니다. 물론 처음에 생각했던 것을 이루고 나면 성취감이나 보람 같은 것을 느낄 수는 있습니다. 하지만 크게 봐서는 목표를 이루지 못하였다 하더라도 삶에 있어서 커다란 문제가 되는 것은 아니었습니다.

마의 구간이라는 28km를 지나 잠시 달려온 길을 돌아보니 뒤로 유연하게 내리뻗은 그 오르막길이 보였습니다. 내가 달려온 길이 맞는가 싶을 정도로 생각보다 긴 오르막이었습니다. 오르막이 있으면 내리막이 있기 마련입니다. 하지만 마라톤에서는 내리막길이라고 해서 무작정 빨리 달려 나가서는 안 됩니다. 오히려 더 부상 위험이 있기 때문입니다. 오르막을 올라오느라 써버린 에너지로 인해 다리가 쉽게 풀려 내리막길에서 크게 넘어지는 경우도 많이 발생하곤 합니다. 내리막길이기에 그동안 잃어버린 시간을 단축하고 싶은 마음이 생겼던 것도 사실입니다. 하지만 그 욕심을 버리고 오르막길보다 조금만 더 빨리 달렸습니다.

30km를 눈앞에 두고 점점 다리가 둔해지는 느낌이 들었습니다. 여기서 더 무리하면 끝까지 완주할 수가 없을 것이란 생각이 들었습니다. 마음을 내려놓고 30km에서 조금 쉬었다

가야겠다고 생각했습니다. 30km 지점에서 제공해 주는 물을 마시고, 간식도 챙겨 천천히 걸어가면서 먹었습니다. 그 이전 구간에서는 시간을 아끼기 위해 뛰어가면서 물과 간식을 먹었지만, 지금은 그럴 때가 아니라는 생각이 들었습니다.

500mL 식수를 가지고 잠깐 서서 얼굴과 손을 씻었습니다. 땀으로 젖은 얼굴을 닦고 안경도 닦고 다시 시작하는 마음으로 마음의 여유를 찾으려 노력하였습니다. 아마 500m 정도를 그렇게 걸으면서 갔던 것 같습니다. 당연히 시간은 많이 지체되었습니다. 그렇게 잠깐 쉬고 났더니 어디선가 나도 모르는 기운이 조금씩 생기는 것 같았습니다. 지친 몸으로 인해 앞도 잘 보이지 않았는데 자고 일어난 것처럼 눈이 다시 떠지는 느낌이 들었습니다.

내가 할 수 있는 것만으로도 충분하다는 생각이 들었습니다. 좋은 기록을 내고 싶기는 했지만, 그것을 이루려다가 더 중요한 것을 잃을 것 같았습니다. 마음이 편해짐을 느꼈습니다. 비록 시간은 조금 늦어질지 모르지만, 끝까지 달릴 수 있을 것 같다는 확신이 들었습니다. 그런 마음이 들자 무거웠던 다리가 그리 부담되지 않았습니다. 비록 지친 다리지만, 끝까지 달리는 데는 문제가 없을 것이라 생각되었습니다. 그리고 그렇게 42.195km를 완주했습니다.

잠시 쉬었기 때문에 그것이 가능했던 것 같습니다. 비록 500m를 잃어버리기는 했지만, 나머지 거리를 얻을 수 있었습니다.

쉬었다 가도 됩니다. 오늘 하루가 힘들면, 마음이 무거우면,

감당이 안 되면, 누군가가 미우면, 원하는 것이 잘 안 되면, 계획에 차질이 있어도, 쉬었다 가더라도 그리 큰 차이가 없습니다.

잠시 쉬었다 가는 것이 오히려 나머지 것을 잃지 않을 수 있을지도 모릅니다.

20. 돌아갈 곳이 있나요?

　살아가다보면 참으로 많은 일이 생기는 것이 인생이 아닌가 싶습니다. 원하는 것을 이루어 기쁘기도 하고, 좋은 사람을 만나 행복하기도 합니다. 하지만 전혀 생각하지 못한 불행한 일이 나를 덮치기도 하고, 제발 일어나지 않았으면 하는 일들이 파도처럼 밀려오기도 합니다.

　모든 일이 다 잘되는 경우는 드뭅니다. 삶은 우리를 그냥 편안하게 놔두지 않습니다. 주위를 둘러보면 어려움 없이 살아온 사람은 없는 것 같습니다. 누구나 인생의 어느 순간에 감당하지 못하는 아픔을 겪기도 합니다.

　화가였던 렘브란트는 그의 인생 초기에 별 어려움 없이 성공의 삶을 누렸습니다. 서른 살이 되기 전 그는 이미 화가로서 명성을 날렸습니다. 그를 후원하는 사람도 많았고 이로 인해 경제적으로도 풍요했습니다. 렘브란트는 더 커다란 성공을 위해 고향을 떠나 암스테르담으로 갑니다. 당시 그곳은 네덜란드가 무역 강국이 되는 데 있어서 커다란 역할을 하는 곳이었습니다. 엄청난 부를 축적한 사람들이 거대한 저택에서 호화롭게 살아가고 있었습니다. 부유했던 그들은 예술품을 수집하였고, 유명한 화가로부터 초상화를 그리게 하였습니다. 당연히 렘브란트는 자신에게 더 좋은 기회가 찾아올 것이라 생각했던 것입니다.

렘브란트의 소문은 빠르게 퍼져나갔고 돈 많은 사람들이 그를 찾기 시작했습니다. 수많은 사람들의 초상화를 그려주며 그는 엄청난 부를 축적하기 시작합니다. 더군다나 그는 막대한 재산의 물려받은 사스키아와 결혼합니다. 주위에서는 렘브란트를 네덜란드 최고의 화가가 될 것이란 말을 하였습니다.

하지만 삶은 그를 가만히 두지 않았습니다. 그에게 비극이 하나씩 시작됩니다. 렘브란트의 첫째 아이가 태어난 지 얼마되지 않아 세상을 떠납니다. 그런데 둘째 아이와 셋째 아이도 마찬가지로 사망합니다. 이어 그의 어머니도 세상을 떠나고 넷째 아이가 태어나자마자 아내마저 사망합니다. 엄마 없는 아이를 돌봐주기 위해 하녀를 들였고, 외로웠던 렘브란트와 그 하녀 사이에 아이가 태어납니다. 부도덕한 관계에 대해 해명하라는 교회의 소환도 받게 됩니다. 이런 와중에 화가로서의 렘브란트의 인기도 차갑게 식어갔습니다. 다른 젊은 화가들이 더 멋진 초상화를 그려내면서 그에게는 일거리가 없어져 갔습니다. 모아놓아 두었던 재산이 사라지는 것은 순간이었습니다. 게다가 네덜란드에 경기침체가 오면서 렘브란트는 결국 파산합니다. 그는 자신의 모든 그림과 저택마저 전부 잃게 됩니다. 게다가 그의 마지막 자녀마저 흑사병으로 세상을 떠나게 됩니다.

모든 것을 잃은 렘브란트는 갈 곳이 없었습니다. 그를 사랑하는 사람도, 그를 인정해주는 사람도, 그에게 도움을 주는 사람도 모두 사라져버렸습니다.

이때 렘브란트가 그린 그림이 바로 "탕자의 비유"입니다. 모든 것을 잃어버린 탕자가 쉴 곳마저 없자 다시 집으로 돌아가는 모습을 그린 것입니다. 렘브란트 또한 모든 것을 잃었기에 자신의 아픈 마음이라도 쉴 곳이 필요했을 것입니다. 그는 자신의 존재 그 자체와도 같은 '미술의 세계'로 돌아갔습니다. 그곳에서 그는 삶에 지친 자신의 몸과 마음을 쉴 수 있었습니다.

그는 이 작품을 남기고 세상을 떠났습니다. 모든 것을 얻었지만, 그 모든 것을 잃은 렘브란트는 그나마 자신의 삶을 위로받을 수 있는 마지막 거처인 미술의 세계에서 자신의 생을 마감했던 것입니다.

돌아갈 곳이 있다는 것만으로도 우리의 삶은 위로받을 수 있을 것입니다. 비록 많은 것을 잃는다 하더라도 문제가 되지는 않습니다. 이 세상에 처음 왔을 때 아무것도 가지고 오지 않았으니 잃어버린 것에 너무 마음 아파할 필요는 없습니다. 그냥 오늘 하루도 마음을 쉴 수 있는 곳이 있다면 그것으로 충분할 것입니다. 돌아갈 나만의 세계가 있다는 것이 어쩌면 우리에게 가장 중요한 것이 아닐까 합니다.

21. 달을 바라본 이유

1802년 베토벤은 피아노곡을 작곡한 뒤, 그의 마음속에 있던 한 여인, 줄리에타 귀차르디에게 이 곡을 헌정합니다. 자신이 작곡한 것을 헌정했다는 것은 어쩌면 그 사람을 생각하며 그 음악을 만들었다는 것을 의미할 것입니다. 당시 귀차르디는 베토벤의 제자였습니다. 베토벤은 그 음악을 작곡하면서 창문밖에 자신을 비추는 하얀 달을 바라보았을지도 모릅니다. 아니면 집 밖으로 나와 고개를 들고 달을 보았을지도 모르구요. 그 달을 보며 베토벤은 무슨 생각을 했을까요?

베토벤이 그 곡을 작곡했을 당시 제목은 없었지만, 베토벤이 사망하고 난 5년 후인 1832년 음악평론가였던 루트비히 렐슈타프가 이 곡이 마친 달빛이 비친 스위스 루체른 호수 위의 조각배 같다고 하여 "월광(Moonlight)"이라는 이름을 붙였습니다.

이 음악을 작곡하고 나서 베토벤은 청력을 거의 잃게 됩니다. 이제 더 이상 자신이 사랑하는 여인의 목소리를 들을 수가 없게 된 것입니다. 또한 귀차르디의 집안에서 베토벤과의 연애를 심하게 반대합니다. 집안의 강한 반대가 있으면 결혼을 한다는 것이 불가능했던 시절이었기에 베토벤과 귀차르디는 커다란 절망에 빠졌을지도 모릅니다. 살아간다는 것이 너무 허무하고, 삶이 너무 고통스러워, 베토벤은 고개를 들어 자신을 환하게 비추어 주는 달을 보았을지도 모릅니다. 어두운 밤하늘에 하얀 달은 변함없이 자신을 비추고 있는데 사랑하는 사람을 이제는 잃게 되고 더 이상 만날 수도 없을지 모른다는 두려움이 그를 덮쳤을지도 모릅니다.

베토벤은 달을 쳐다보다 다시 집 안으로 들어와 피아노 앞에 앉았을 것입니다. 그리고 귀차르디를 생각하며 스스로 월광 소나타를 연주했을 것입니다. 베토벤이 연주하는 피아노 소리에서 그의 마음의 세계가 들리는 듯합니다. 이제는 더 이상 만나지 못하는 운명을 그는 받아들일 수밖에 없었을지 모릅니다. 방안에서 피아노 연주를 끝낸 후 창밖으로 보이는 하얀 달을 다시 바라보며 그는 피아노를 닫았을 것입니다.

〈달빛〉

달빛이 유난히 밝습니다
한없이 환한 달을 보며
그 사람을 생각합니다

이제는 볼 수 없는 곳
다시는 만날 수 없는 곳으로 가버린 그가
달빛으로 나를 비춰 주는 듯합니다

바라만 본다는 것이
닿을 수 없다는 것이
그리워해야만 한다는 것이
이리 커다란 아픔이란 걸
미처 몰랐습니다

달빛 아래 봄바람이 불어옵니다
그 사람이 봄바람이 되어
나에게 다가오는 듯합니다

봄 향기 가득한 바람 속에서
고개 들어 다시 한번
달을 바라봅니다

내가 할 수 있는 것은
그것이 전부였습니다

22. 절망 속에 핀 꽃

클로드 모네는 더 큰 세상에서 공부하기 위해 파리로 갑니다. 그곳에서 그는 운명의 여인 카미유 동시외를 만납니다. 그녀는 모네의 모델이 되어 캔버스 앞에 여러 번 서게 됩니다. 둘은 점점 가까워지며 사랑에 빠집니다. 모네와 동시외는 결혼 전 아이를 갖게 됩니다. 하지만 모네의 집에서는 그 결혼을 심하게 반대합니다. 당시 모델이라는 직업은 형편이 좋지 않은 여성들이 하는 일이었고 가끔 몸도 팔았기 때문이었습니다. 하지만 모네는 카미유를 버릴 수 없었습니다. 그는 가족의 강한 반대에도 불구하고 카미유와 결혼을 합니다. 이후로 모네는 가족으로부터 지원을 받지 못해 경제적인 어려움에 빠지게 됩니다. 그의 그림을 찾는 사람은 아직 없었기 때문입니다.

행복할 줄만 알았던 결혼 생활에 어두운 그림자가 나타나기 시작합니다. 점점 가난해지면서 정신적인 압박감으로 인해 모네는 강물에 뛰어들기도 합니다. 후원자를 간신히 구했지만 많은 사람들은 모네의 그림을 알아주지 않았습니다. 그런 가운데 모네가 운명처럼 사랑했던 동시외가 둘째 아이를 낳던 중 세상을 떠납니다. 그녀의 나이 겨우 32살이었습니다.

모네의 말년 또한 불행의 연속이었습니다. 자신이 가장 사랑하던 아들이 세상을 떠납니다. 또한 재혼한 아내마저 하늘나라로 가고 맙니다. 그의 그림을 비웃는 사람도 여전했습니다. 게다가 화가로서 생명이라 할 수 있는 시력이 점점 나빠져 갔습니다. 두 번의 백내장 수술을 했고 자신의 눈이 실명에 가까워가는 것을 느낍니다. 또한 폐암 진단을 받아 그에게 주어진 시간이 얼마 남아 있지 않았음을 인식하게 됩니다. 하지만 모네는 끝까지 붓을 들었습니다.

그렇게 그린 그림이 바로 '수련'입니다. 진흙 속에서도 피어나는 꽃처럼, 모네는 자신의 삶이 불행이라는 절망 속에 놓여 있지만 그 불행을 딛고 다시 피어날 수 있을 것이라 생각했는지도 모릅니다.

어떤 어려움이라 할지라도, 삶을 포기하고 싶은 우울함에 빠지더라도, 살아가는 기쁨과 즐거움을 잊게 하는 일들이 다가와도, 그러한 절망을 경험했기에 삶에 대해 이야기할 수 있는 것이 아닐까 싶습니다.

불행이 있기에 행복을 느낄 수 있고, 아픔이 있기에 기쁨을 알 수 있고, 삶의 어둠이 있었기에 밝음도 알 수 있을 것입니다. 우리 삶에 있어서 행복만 계속된다면 행복이 무엇인지 모를 것이고, 좋은 일만 계속된다면 좋은 것이 무엇인지도 모를 것입니다. 밝은 날만 계속되면 밝다는 것이 무엇인지도 알 수 없을 것입니다. 힘든 날들이 있었기에 환희를 느낄 수 있는 날도 있을 것입니다.

모네는 비록 진흙 속에 뿌리를 내리고 있지만 그 속에서 아름답게 피어나는 수련이 남다르게 보였을지도 모릅니다. 아직 꽃이 피지 않았다고 속상하게 생각할 필요가 없습니다. 아직 때가 되지 않을 것일 뿐입니다. 모네의 그림 속의 수련처럼 환하고 아름답게 피는 날이 언젠간 올 것이기 때문입니다.

23. 한강의 소설에 나타나는 삶의 단면

내 안에 또 다른 내가 있어서 내가 생각하는 대로 말이나 행동을 할 수 없게 된다면 어떻게 될까? 내가 원하는 삶이 있지만, 나의 뜻대로 되지 않는다면, 나의 삶이 내가 의도하는 대로 살아지지 않는다면 어떻게 해야 하는 걸까?

한강의 소설 〈왼손〉은 어느 날 갑자기 주인공의 왼손이 조절이 불가능하게 되자 어떠한 일들이 일어나는지에 대한 이야기이다.

"세면대의 수도꼭지를 틀고 찬물로 거품을 씻어내는 동안 그는 처음으로 이상한 점을 발견했다. 그의 왼손이 상처 난 곳을 어루만지고 있는 것이었다. 그는 왼손의 감각을 뺨을 느꼈고, 동시에 뺨의 감각을 왼손으로 느꼈다. 평소와 똑같은 정상적인 감각이었다. 이상한 것은 그의 왼손이 마치 나름의 의지를 가진 것처럼 뺨의 상처 주변을 떠나지 않는 것이었다."

내면의 또 다른 나는 내가 하고 싶지 않은 말을, 해서는 안 되는 말을 다른 이에게 쏟아내기도 한다. 나의 또 다른 나는 마음속으로는 해서는 안 된다는 것을 알면서도 그런 행동을 하게 되기도 한다. 그로 인해 나의 진심이 아닌데도 불구하고, 다른 이들은 오로지 현상적인 것에 의해 나를 판단하고 나를 대하게 될 수밖에 없다.

"모든 게 이 손 때문이야. 그는 자신의 왼손을 움켜잡으며 말했다. 그녀의 얼굴로 되돌아가려는 것인지, 그의 왼손은 몸을 뒤틀며 오른 손아귀에서 벗어나려 애쓰고 있었다. 왼손이 말을 듣지 않아. 이것 때문에 다 엉망이 됐어. 직장도 잘렸어. 이게 아니었으면, 그날 여기로 들어오지도 않았을 거고."

내면의 또 다른 나에 의해 내 삶의 주인이 바뀔 수도 있다. 진정한 나는 그것을 원하지 않는데도 불구하고, 나의 삶을 바꿔버리고 만다. 통제 불가능한 삶이 또 다른 나에 의해 나를 억압하고 만다.

"그는 오른손을 뻗으면 바로 닿도록 칼을 두고 망치를 집었다. 눈을 빛내며 망치를 치켜올렸다. 벼락같이 왼손이 따라 올라와 망치를 잡아챘다. 이번에는 그의 오른손이 왼 손목을 비틀었다. 망치가 바닥으로 떨어졌다. 왼 손목이 통증에 그의 미간이 조여졌다. 경고했지, 널 죽여버리겠어! 그의 오른손이 과도를 움켜쥐었다. 순간 뱀처럼 솟구쳐 오른 왼손이 오른 손목을 거머쥐었다. 놔, 이거 놔. 그의 얼굴 근육들이 뒤틀렸다. 이마의 핏줄들이 꿈틀대며 일어섰다. 아슬아슬하게 버티던 오른 손목이 돌연 부러지듯 뒤로 꺾였다. 왼손이 과도를 낚아챘다."

내면의 또 다른 나는 나의 삶을 파괴해 버릴지도 모른다. 내 주위의 사람들을 모두 떠나가게 만들지도 모른다. 진정한 나의 삶을 살아가지 못하게 할지도 모른다.

나는 나 자신에 대해 얼마나 알고 있는 것일까? 나는 나 자신을 내가 생각하는 대로 살아가게 하고 있는 것일까? 알 수 없는 감정으로, 생각지도 못한 사건으로, 나의 내면에 없었던 말로, 나의 뜻과 상관없는 행동으로 나는 나의 삶을 살아가지 못하고 있는 것은 아닐까?

진정한 나의 주인으로서 나의 삶을 살아가기 위해 내가 해야 할 일은 어떤 것일까? 나는 얼마나 나 자신에 대해 알고 있는 것일까? 내 안에는 얼마나 또 다른 내가 존재하고 있는지, 진정한 나는 누구인지, 참나는 어디에 있는 것인지 확실히 알고 있는 것일까?

사랑이었지만, 분명히 마음속에 가득히 존재했었지만, 어느 순간 그 사랑은 떠나가 버리고, 결국 이루어지지 못했기에, 그토록 소중히 오래도록 남아 있는 것일까?

한강의 〈파란 돌〉은 순수했던 시절, 마음 가득히 다가온 사랑을 허무하게 잃어버린 채 살아갈 수밖에 없는 가장 소중한 사랑에 대한 이야기이다.

"내 이름을 부를 때 당신의 목소리는 언제나 낮고 부드러웠지요. 실은, 일부러 못 들은 척해 두 번 부르게 한 적도 여러 번이었습니다. 그 목소리에 처음 가슴이 두근거린 게 언제인지 잘 기억나지 않습니다. 처음 당신을 사랑하게 된 것이 언제인지도 구별할 수 없습니다. 언젠가부터 당신의 얼굴이 내 눈앞 어딘가에 어렴풋한 그림자처럼 자리했습니다. 아침에 눈을 뜨는 순간 이미 모든 사물 위로 아련히 어려 있고, 놀라

눈을 감으면 어두운 눈꺼풀 위로 더욱 선명해졌습니다. 그 느낌이 강한 슬픔과 닮아 있는 이유를 알 수 없었습니다."

어떻게 시작된 것인지도 모른 채, 갑자기 다가왔던 사랑이었다. 마음 한가득, 모든 것을 꽉 채워버린 운명 같은 사랑이었다. 그런 사랑이 두려운 것은 무엇 때문인 것일까? 이루어질 수 없다는 것을 직감했기 때문인 걸까? 왠지 그 사랑이 더욱 슬프게 느껴지는 이유는 무슨 연유인 것일까?

"왜 그 순간 선명하게 떠올랐던 걸까요. 작업실 바닥에 엎드려 있었다는, 오직 상상 속에서만 보았던 당신의 뒷모습이. 긴 듯하던 머리칼과 좁은 어깨, 늘 먹 자국이 번져 있던 낡은 면바지가. 당신의 뒤통수에 피가 고여 있었다고, 5천이 채 되지 않는 혈소판 수치 때문에 피를 뽑아내는 시술도 받지 못했다고, 사흘 만에 학교에 나타난 친구는 입술을 물었었습니다. 그래서, 라고 나는 친구에게 물었습니다. 정말로 알지 못했기 때문이었습니다. 그래서 어떻게 됐어? 너 바보야? 뒤통수에 피가 고여 있었대. 작은 우유팩 하나만큼 고여 있었다구. 내가 저녁 먹으라고 부르러 갔을 때 이미. 친구의 충혈된 눈에서 눈물이 흘러내리는 것을 나는 멍하게 지켜 보았습니다."

그래도 어느 정도는 계속 될 것이라 생각했었다. 이토록 허무하게 떠나가 버릴 줄은 몰랐다. 함께 한 시간도, 같이 했던 일들도 그리 많지 않았는데, 추억이라고 생각할 수 있는 것들도 별로 없었는데, 너는 왜 그리도 일찍 떠나가 버린 것일까? 남아 있는 나는 어떻게 하라고, 어떻게 살아가라고, 아무런 말도 없이 그렇게 혼자서 가버리고 말았던 것인가?

"그렇게 몸서리치며 깨고 나면 아이의 이불을 덮어주고, 덩어리져 스멀거리는 어둠의 틈과 마디들을 헤아리며 잠을 청합니다. 그러다 가끔은 당신을 생각하기도 합니다. 문밖으로 빗소리가 추적추적 들려오던 그 오후, 두려워하는 두 입술이 만나던 순간을. 두 사람 모두 입술을 벌리지도 못한 채, 서로의 부드러움이 떠날 것이 두려워 뛰는 심장들을 맞붙이고 있었지요. 처음이자 마지막이 된 그 입맞춤 이후, 나는 어떤 남자에게서도 더 이상의 기쁨을 얻지 못했습니다. 어떤 흥분과도, 무아경의 희열과도 바꿀 수 없을 겁니다. 나이만 먹은 소년이었던 당신의 겁먹은 손이 숨죽이며 내 뺨에 머물렀던 순간을."

너는 아직 내 마음속에 남아 있지만, 가정을 이루고 아이를 낳고, 너무나도 정상적으로 살아가는 나의 모습은 어떻게 설명해야 하는 것일까? 잊어버린 줄 알았는데, 그래서 새로운 시간을 시작했는데 그것은 아마 착각이었는지 모른다. 나에게 가장 소중했던 너를 무엇이 대신해 줄 수 있는 것일까?

"어쩌면 시간이란 흐르는 게 아닌지도 모른다는 생각도 그때 함께 찾아옵니다. 그러니까, 그 시간으로 돌아가면 그 시간의 당신과 내가 빗소리를 듣고 있다구요. 당신은 어디로도 간 게 아니라구요. 사라지지도, 떠나지도 않았다구요. 언젠가부터, 당신과 동갑인 남자를 만날 때마다 세월이 변화시켰을 당신의 얼굴을 막막하게 그려보던 버릇을 버린 것은 그때문입니다."

떠난 줄 알았는데 떠난 게 아니었다. 잊을 수 있다고 생각했는데 잊을 수 있는 게 아니었다. 순간순간, 퍼뜩퍼뜩, 다가오는 너의 모습이 나의 어찌할 수 없는 마음으로 아직도 너를 그리워한다.

이제 너를 잊어버릴 수 있을 것이란 마음을 접으려 한다. 생각나면 생각나는 대로, 그리우면 그리운 대로 그렇게 살아가려고 한다.

우리에게 있어 무엇보다도 가장 소중한 것은 인간 그 자체가 아닐까 싶어. 하지만 사회 속에서 살아갈 수밖에 없는 우리는 극히 약하고 힘에 부치는 존재인지도 몰라. 어떤 단체에서 하나의 부속품인 것처럼 그저 적응하고 변화되고 맞춰서 살아가야 하는 것이 당연하게 생각되는 것 또한 사실이야.

오늘은 한강의 〈눈 한 송이가 녹는 동안〉 인간이라는 소중한 존재에 비해, 한 명의 개인의 힘이 얼마나 미약한지 느끼게 해준다.

"그는 회사에 뼈를 묻지 않았다. 내가 글을 쓰겠다고 이년여 만에 회사를 그만둔 이듬해, 그가 경주 언니보다 먼저 이직을 했다. 경력직 공채에 들어간 시사잡지 편집부에서 오년쯤 일하다가, 한 대기업에 대해 비판적인 특집기사가 인쇄 직전 삭제되는 일이 벌어졌다. 항의를 위한 태업과 파업, 주동자 해고의 수순을 밟은 뒤 기자들은 끝까지 싸우자는 이들과 업무 복귀하자는 이들로 분열되었다. 그는 돌아가지 않는 편을 택했다."

생존을 위해 어느 한 단체에 의지할 수밖에 없기에, 자신의 생각과 꿈을 포기할 수밖에 없는 것이 우리들의 현실이다. 커다란 세력에 저항하고 싶지만, 그 한계는 너무나 분명히 존재하기에 어느 정도까지 하다가 지쳐 스스로 그만 포기하게 되는 것이 어쩌면 당연한 것인지도 모른다.

"서울내기들보다 더 서울내기같이 좀처럼 흥분하지 않던 사람. 새벽까지 다들 술에 취해 울분을 토하는데 술집 화분에서 풀잎을 꺾어 피리를 불어보다 얼른 내려놓던, 사실은 촌놈. 암 진단을 받은 즈음이었을 여름에 그가 지나가듯 말했다. '이제 너무 착하게 살지 말아야겠어. 착한 사람은 일찍 죽는 것 같아.' 왜 그때 나는 그토록 야무지게 되받아쳤던가? 당신, 별로 안 착하거든. 벽에 똥칠할 때까지 살 테니 걱정 마."

울분을 토해내고 싶어도 참아야 하고, 부당한 것을 지적하고 싶어도 침묵해야 하고, 억울한 것이 있어도 감추어야만 하는 한 개인의 삶은 소중하기에는 너무나 부족한 그저 한 송이 눈처럼 약한 존재인지도 모른다.

"함께 있어 주세요, 소녀가 말한다. 젊은 승려가 멀찍이 떨어져 서서 대답한다. 그건 안 된단다. 제발, 눈 한 송이가 녹는 동안만. 소녀는 나무 욕조의 물속에 들어가 있는데, 이상하게도 그녀의 머리에 쌓인 눈이 녹지 않는다. 그 눈송이들을 커다랗게 확대한, 눈의 결정 모양을 한 빛 무늬가 무대 뒤편 검은 벽에 하얗게 비쳐 있다. 그 결정들을 홀린 듯 바라보며 승려가 묻는다. 왜 머리 위 눈이 녹지 않을까? 시간이 흐르지 않으니까요. 하지만 우리는 이야기를 나누고 있는데. 우리가 시간 밖에 있으니까요."

우리는 한 송이 눈처럼 언제 녹을지 모르는 그런 존재라는 생각에 공감하고 있다. 그 미약한 눈 한 송이가 언제 사라질지도 모르는 시공간에 살아가고 있으니 그 누가 함께라도 있어 주면 얼마나 좋을까? 그 시간이 비록 짧을지라도 누군가가 옆에 같이 있어 준다면 정말 힘이 될 텐데 현실을 그리 쉽지 않을 것이다. 다른 시공간에서 존재한다면, 지금의 여기를 떠나 다른 그곳으로 간다면 가능한 걸까? 내가 있어야 할 곳이, 나의 눈 한 송이가 녹지 않을 수 있는 시간이나 공간은, 지금 여기가 아닌 다른 곳인 걸까?

눈 한 송이는 자세히 보면 너무 아름답고 소중한 존재임이 분명하지만, 언제 어떻게 사라질지 모르니 그 현실을 알고 살아가야만 하는 우리는 어쩌면 슬픈 운명을 타고난 것일 수도 있다.

우리의 삶은 어느 순간 모든 것이 순식간에 사라져 버릴지도 모른다. 영원히 나의 곁에 존재할 수 있는 것은 없다. 우리에게 내일이라는 시간은 보장되어 있지 않다. 한강의 〈밝아지기 전에〉는 우리에게 있어 존재하고 있는 그 어떤 것이 생각하지도 않은 일로 갑자기 사라져 버릴지도 모른다는 것을 이야기해 주고 있는 소설이다.

"부질없는 심문과 대답 사이, 체념과 환멸과 적의를 담아, 서늘하게 서로의 얼굴을 응시하는 시간.
눈이 흔들리고 입술이 떨리는 시간.

내 죽음 속으로 그가 결코 들어올 수 없고, 내가 그의 생명 속으로 결코 들어갈 수 없는 시간.

그 모든 것이 더 이상 중요하지 않게 된 시간.

오직 삶을, 삶만을 달라고, 누구에게든, 무엇에게든 기어가 구걸하고 싶었던 시간.

그 시간들이 충분히 멀어지지 않았다. 모래톱 저쪽의 바다처럼, 아직 지척에서 일렁이며 소리를 낸다. 짠물이 덜 마른 흙 같은 몸이 아직 모든 걸 똑똑히 기억한다."

모든 시간들이 그렇게 지나가 버리고 말았다. 내 곁에 계속해서 머무를 것 같았던 시간들이 그렇게 사라져 버리고 말았다. 믿어지지 않지만, 나의 시간도 언젠가는 끝나기 마련이다. 우리는 왜 그것을 알면서도 그렇게 잊고 살아가고 있는 것일까? 많은 것들이 사라져 버리는 시간이 온다는 것을 알면서도 왜 우리는 그것을 기억하지 못하고 있는 것일까?

"그녀에게 말해보고 싶었다. 새벽까지 타는 심장을 그녀가 지켜보았던 그해. 생각 속의 미로 속에서 더듬더듬 내가 움켜쥐려 한 생각들을. 시간이 정말 주어진다면 다르게 살겠다고. 망치로 머리를 맞은 짐승처럼 죽지 않도록, 다음번엔 두려워하지 않을 준비를 하겠다고. 내 안에 있는 가장 뜨겁고 진실하고 명징한 것, 그것만 꺼내놓겠다고. 무섭도록 무정한 세계, 언제든 무심코 나를 버릴 수 있는 삶을 향해서."

우리에게 시간이 다시 주어질까? 그런 일은 일어나지 않는다. 시간이 주어지면 우리는 다르게 살아갈 수 있을까? 그것도 모를 일이다. 수많은 기회가 우리에게 주어졌지만, 그것을 너무 쉽게 놓치고 말았다. 다시 오지 않을 기회와 시간들이 그렇게 허무하게 사라져 버리고 말았던 것이다.

모든 것이 사라져 버리기 전에, 다시 돌아오지 않을 것을 놓치기 전에, 소중한 것들이 나에게서 멀어져 버리기 전에, 내가 할 수 있는 것을 할 수 없기 전에, 내가 하고 싶은 것들을 할 수 없기 전에, 다시는 돌아오지 않을 그 순간들이 지나가기 전에, 우리는 그 순간들을 소중히 살아가야만 하지 않을까?

삶은 수많은 사건들의 집합이다. 그중 어떤 사건은 우리 삶을 완전히 바꾸어 놓기도 한다. 그로 인해 사람은 변하고, 사랑도 변하며 인간관계도 변한다.

우리의 삶에 재생력이 있다면 얼마나 좋을까? 힘들었던 인간관계도 쉽게 회복할 수 있고, 무관심으로 변해가는 사랑도 회복될 수 있다면 삶이 좀 더 쉬워질 수 있을지도 모른다. 마치 도마뱀이나 도롱뇽의 재생력처럼. 한강의 〈노랑무늬영원〉은 재생되지 않는 우리 삶에 대한 아픔을 이야기하고 있는 소설이다.

"난 언제나 그렇게, 내 힘으로 감당할 수 없는 것들을 감당해내려 하는 어리석음이 단점이었어. 순간적인 판단력도 부족했어. 항시 냉철하여, 때로는 잔인할 수도 있어야 하는데. 교훈이란 얼마나 우스꽝스러운 것인지 나는 그때 알았다. 인생은 학교가 아니다. 반복되는 시험도 아니다. 내 왼손은 으스러져 버렸고, 그게 끝이었다. 배울 것도 반성할 것도 없었다. 어떤 의미도 없었다."

인생은 한 번뿐이다. 우리의 모든 것들은 단지 한 번밖에 없다. 시간이 지나면 모든 것은 과거가 될 뿐이다. 좋은 일이든, 나쁜 일이든 그냥 다 지나가 버리고 다시는 돌아오지 않는다. 인생에 있어 연습은 존재하지 않는다.

"어깨를 결려가며, 손가락에 상처를 내가며 두 손, 두 팔로 이것들을 다룰 수 있었을 때, 며칠 밤을 새워 작업에 몰입할 수 있었을 때 나는 행복했다. 그 행복만이 내가 가진 전부였다. 전부라고 믿었던 것을 잃고도 살아갈 수 있다. 이 년 동안 나는 그림 그리는 사람이 아니었다. 환자. 한 남자의 골칫덩어리. 때로 오른손이 악화되면 자신이 쓴 물컵 하나 선반에 뒤집어놓을 수 없는, 철저히 쓸모없는 존재."

자신이 절대적으로 생각하던 것을 잃어버렸을 때, 삶은 허무 그 자체일 수밖에 없다. 하지만 원래 그것은 나의 것이 아니었다. 그 모든 것을 잃어도 살아갈 수 있다. 이 세상에 처음 올 때 나는 아무것도 없었고, 이 세상을 떠날 때도 아무것도 가져가지 못하고 떠난다. 내 삶의 가장 소중한 것도 사실 나의 것이 아니다.

"한번 불이 켜지고 나자, 예전으로 돌아간다는 것은 불가능했다. 나는 이상한 강을 - 그때까지 한 번도 건너본 적 없는 - 건넌 것이다. 그 연극 속에서 울고 웃고 마음 졸였던 나는 이미 내가 아니었다. 예전에 미워했던 것들을 더 이상 미워할 수 없었으며, 그보다 나쁜 것은 예전에 사랑했던 사람들을 더 이상 사랑할 수 없다는 것이었다. 남편도, 형제들도, 심지어 어머니까지도."

한번 지나간 것은 돌이키기 힘들다. 사랑도, 믿음도, 사람들 간의 관계도, 지나가 버리고 나면 다시 예전의 상태로 돌아갈 수 없다. 강을 건너버리면 다시 원래의 위치로 가기에 힘든 것이 우리 삶이 아닐까?

"집으로 가자. 그러나 어떤 딱딱한 덩어리가 가슴 가운데에서 느껴진다. 그곳이 내 집이 아니다. 나에게는 집이 없다. 이 삶은 나의 삶이 아니다. 어떤 정서적 유대도 느낄 수 없다. 어떤 장소, 어떤 기억, 어떤 미래에 대해서도. 뙤약볕을 간신히 가려주는 중간 키의 나무 아래에서 나는 오래 좌석버스를 기다린다. 내 얼굴에 흐르는 땀, 쇠약해진 다리의 비척거리는 느낌, 늘어뜨려진 두 손 - 몸의 작은 감각 하나하나에 집중한다. 나는 살아 있다. 이 순간 나는 살아 있다. 보고 듣고 숨 쉰다. 분명한 것은 그것뿐이다. 그것만이 나에게 남았다."

가장 편안한 곳은 내가 살던 집이었지만, 그 안의 구성원들이 변하고, 구성원 간의 관계가 변하면, 그 집은 더 이상 예전의 나의 집이 아니다. 그곳에서 쉴 수도 없고, 마음 편하게 지낼 수도 없다. 그동안 마음 편했던 집도 이제는 더 이상 존재하지 않을 수 있다.

"모든 상황에는 조건이 있다. 우리의 평화는 내 건강을 전제한 것이었다. 조건이 달라지면 상황이 달라진다. 그것은 자연스러운 과정이다. 만일 내가 그 사고로 죽었다면 우리의 다정함이 더럽혀지지 않았을 테지만, 나는 살아남았다. 나는 지겹도록 아팠고, 내가 지겨운 만큼 그도 지겨워했다. 나를 지겨워하는 그가 나도 지겨웠다. 서로의 얼굴이 지겨워서 종종, 암묵적으로 서로의 눈길을 피했다. 그 과정에는 어떤 부도덕도, 죄악도 없었다. 당연한 일일뿐이었다. 나도 예전의 내가 아니며, 그도 그때의 그가 아닌 것뿐이었다. 모든 것이 지나가 버렸을 따름이었다. 외딴섬에 단둘이 표류된 사람들처럼, 우리는 서서히 서로를 질식시켰다. 그렇게 다시 건널 수 없는 강을 만들어 갔다. 서로에 대한 배려, 이타적 관계, 우정, 동료 의식 들은 강 저편에 남았다. 애초에 완전한 타인이었다는 것 – 그 한 가지 명료한 사실만이 이편의 강가에 남았다."

모든 것은 변해간다. 변하지 않을 것이라 믿는 것 자체가 오산이다. 사랑도 변하고, 사람도 변한다. 그 변화를 받아들이지 못하는 한, 더 이상 아름다운 것들은 존재하기 힘들다. 사람 간의 관계도 변할 수밖에 없다. 다른 사람이 변했다고 탓할 필요도 없다. 자신 또한 그 사람만큼이나 변해 있을 것이기 때문이다. 그 사실을 자신만 모르고 있을 뿐이다.

"저 사람은 이런 사람이 아니었다. 기본적으로 심성이 여리고 다정했었다. 그러나 닳아간다. 타이어가 닳는 것처럼, 이런저런 일들을 몸으로 겪으면서. 그와 나만 그런 것은 아닐 것이다. 누구나 그렇게 조금씩, 닳아간다는 것을 의식 못 하면서 조금씩, 바퀴가 미끄러워진다. 미끄러워지고, 미끄러워져서, 어느 날 아침 갑자기 브레이크가 듣지 않는다."

노력하지 않는 한 변하는 사랑은 지나가기 마련이다. 사랑했었지만, 이제 더 이상 그런 사랑은 존재하지 않는다. 화해하고 싶어도 화해할 수도 없다. 예전처럼 돌아가려는 노력이 없는 한 돌아갈 수도 없다. 처음 만나기 전처럼, 그렇게 완전한 타인의 관계로 나아갈 뿐이다.

"그때 이미 알고 있었다. 나는 사랑받기 어려운 사람이었다. 그렇다고 끊임없이 솟아나는 사랑의 샘물을 가져 타인에게 퍼부을 수 있는 사람도 아니었다. 한때 나에게 그 물이 약간이나마 고여 있었다면, 이제는 마른 흙바닥만 남아 있었다. 알고 있다. 거기에는 내 책임이 있다는 것을. 아니, 내 책임이 전부라는 것을. 사고를 당한 것은 불운이었지만, 그 후의 내 감정, 내 행동은 모두 선택된 것이었다는 것을."

사막의 물이 마르듯, 우리들의 마음도 그렇게 말라간다. 사막에 모래바람이 날리듯, 우리의 영혼도 모래바람처럼 날릴 수 있다. 사랑받으려 노력하지도 않기에, 사랑을 주려 애쓰지도 않기에 사랑은 그렇게 서서히 사라져 버린다.

"중동의 사막 지방에서 서식하는 그 동물은, 불속에서 사는 것으로 이집트인들에게 믿어졌었다고 거기 씌어 있다. 도마뱀의 재생력과 불의 정화력이 결합된 믿음일 것이다. 그 짐승의 징그러운 외양에 대조돼 더욱 돋보이는 무늬의 아름다움을 나는 오랫동안 음미한다. 이글거리는 태양에 가까운 지역이 아니라면 결코 새겨질 수 없을 화려함이다. 밝은 레몬빛에 가까운 투명한 색채. 나비나 흰 새, 젊은 여자의 스카프에 어울릴 법한 강렬한 패턴. 노랑무늬영원, 하고 나는 입속으로 중얼거려본다. 영원이란 도롱뇽과에 딸린 속명일 뿐이라고 씌어 있지만, 그 동명이어의 울림은 가냘프게 내 마음을 움직인다. 왜인지, 어떤 것인지를 설명하기 어려울 만큼 미미

한 움직임이다.”

노랑무늬영원은 친구 집 아들이 키우는 도롱뇽이었다. 몸의 일부가 떨어져 나가면 다시 재생이 되는 도롱뇽처럼 우리의 삶도 재생력이 있다면 얼마나 좋을까? 차가워져 가는 사랑도 다시 따뜻해지고, 미워하는 감정도 다시 좋아하게 되는 그러한 마음의 재생력이 있다면 얼마나 좋을까?

〈몽고반점〉은 한 인간이 사회속에서 때묻지 않고 살아간다는 것이 결코 쉽지 않음을 보여주고 있다. 결혼한 지 한참이나 지난 그녀에게는 왜 아직도 몽고반점이 남아 있던 것일까?

“그제야 아내가 온 것을 안듯 처제는 멍한 얼굴로 이편을 건너다보았다. 아무것도 담기지 않은 시선이었다. 처음으로 그는 그녀의 눈이 어린아이 같다고 생각했다. 어린아이가 아니면 가질 수 없는, 모든 것이 담긴, 그러나 동시에 모든 것이 비워진 눈이었다. 아니, 어쩌면 어린아이도 되기 이전의, 아무것도 눈동자에 담아본 적이 없는 것 같은 시선이었다. 그녀는 천천히 그들에게서 몸을 돌려 베란다 쪽으로 다가갔다. 미닫이문을 열어 찬바람이 일시에 밀려오도록 했다. 그는 그녀의 연둣빛 몽고반점을 보았고, 거기 수액처럼 말라붙은 그의 타액과 정액의 흔적을 보았다. 갑자기 자신이 모든 것을 겪어버렸다고, 늙어버렸다고, 지금 죽는다 해도 두렵지 않을 것 같다고 느꼈다.”

처제였던 그녀는 다른 사람이 이해할 수 없는 세계에서 살고 있었다. 남들은 그녀를 정신병에 걸린 것이라고 했지만,

그것은 다른 사람들이 만들어놓은 기준에 의해 판단할 경우에나 그런 것이 아닐까 싶다.

"그는 숨을 죽인 채 그녀의 엉덩이를 보았다. 토실토실한 두 개의 둔덕 위로 흔히 천사의 미소라고 불리는, 옴폭하게 찍힌 두 개의 보조개가 있었다. 반점은 과연 엄지손가락만한 크기로 왼쪽 엉덩이 윗부분에 찍혀 있었다. 어떻게 저런 것이 저곳에 남아 있는 것일까. 그는 이해할 수 없었다. 약간 멍이 든 듯도 한, 연한 초록빛의, 분명한 몽고반점이었다. 그것이 태고의 것, 진화 전의 것, 혹은 광합성의 흔적 같은 것을 연상시킨다는 것을, 뜻밖에도 성적인 느낌과는 무관하며 오히려 식물적인 무엇으로 느껴진다는 것을 그는 깨달았다."

그녀는 그저 자신의 마음에 따라, 감정에 따라, 느껴지는 것에 따라 행동하고 살아갈 뿐이었다. 마치 그녀는 어린아이처럼, 아직도 몽고반점이 사라지지 않은 아이처럼 살아가고 있었을 뿐이다. 그것은 당연히 사회가 규정해 놓은 기준에 부합하지 않을 수밖에 없고, 대부분의 사람들, 가족마저도 그녀를 받아들일 수가 없었다.

"그녀를 찍은 테이프들은 기대 이상으로 좋았다. 광선과 분위기, 그녀의 움직임들은 숨 막힐 만큼 흡인력 있는 것이었다. 어떤 배경음악을 깔아야 할까를 잠시 생각해 보았으나, 진공상태와 같은 침묵이 나왔다. 부드럽게 뒤척이는 몸짓과 나신 가득 만발한 꽃들과 몽고반점-본질적인, 어떤 영원한 것을 상기시키는 침묵의 조화."

세상에서 가장 아름다운 것은 어떤 것일까? 그건 아마 어린아이의 천진난만한 웃음이 아닐까 싶다. 아직 몽고반점을 가지고 있는 아이들의 티 없이 맑게 웃는 모습, 그것보다 더 예쁜 것은 없을 것이다.

예술의 궁극적인 이유는 아마 아름다움 그 자체가 아닐까 싶다. 아직 사회의 때를 입지 않은, 사람들의 인위적인 것이 더해지지 않은, 편견과 선입견으로 편협하지 않은, 제도와 윤리라는 것으로 옷 입혀지지 않은, 그러한 인간 본래의 모습에서 아름다움은 존재한다. 그저 그 사람을 좋아하는 감정 그 자체로, 순수한 끌림이라는 그 자체로 충분할 것이다.

"지금 베란다로 달려가, 그녀가 기대서 있는 난간을 뛰어넘어 날아오를 수 있을 것이다. 삼층 아래로 떨어져 머리를 박살 낼 수 있을 것이다. 그렇게 할 수 있을 것이다. 그것만이 깨끗할 것이다. 그러나 그는 그 자리에 못 박혀 서서, 삶의 처음이자 마지막 순간인 듯, 활활 타오르는 꽃 같은 그녀의 육체, 밤사이 그가 찍은 어떤 장면보다 강렬한 이미지로 번쩍이는 육체만을 응시하고 있었다."

처제의 세계로 들어갈 수밖에 없었던 그는 아내가 보는 앞에서 차라리 죽음을 택하는 것이 마음 편했을지도 모른다. 사회적으로, 윤리적으로 감당하기 힘들 것이기 때문이다. 하지만 그는 그 길을 택하지는 않는다. 다만 예술가였기 때문만은 아니다. 그건 아마도 그가 바라던 세계를 경험했기 때문이다.

소중한 그 사람이 나에게 상처를 줄 수도 있다. 그런 일이 없을 것이라 믿는다고 하더라도, 나에게 그런 비슷한 일도 일어나지 않으리라 생각하더라도, 그러한 일은 다분히 일어나곤 한다. 우리는 그런 커다란 상처가 있어도 살아가야 한다. 모든 것을 잃어서 삶이 더 이상 의미가 없는 것처럼 보여도, 살아가야 하는 이유를 전혀 모른다 해도, 우리는 살아가야만 한다. 한강의 소설 〈에우로파〉는 어떤 상처를 안고서라도 살아가고 있는 인아에 대한 이야기이다.

"잊을 수 없는 여름밤의 한순간이었다. 인아의 노래가 아름다웠기 때문만은 아니었다. 내가 청춘의 한복판에 있었기 때문도 아니었다. 그 순간 인아를 사랑하게 된 것은 더더욱 아니었다. 다만 인아의 노래가 갑자기 끝났을 때, 지난 이십여 년 동안 억눌러왔던 생생한 갈망이 단박에 빗장을 끄르고 내 심장 밖으로 걸어 나온 것을, 그 어둡고 남루한 골목 한가운데서 나를 마주 보며 서 있는 것을 알아보았다."

어떤 한순간이 다가왔다. 인아라는 이름이 이제는 확실한 존재가 되어 그렇게 다가왔다. 그 존재로 인해 자신의 살아있음을 느낄 수 있었다. 그렇게 어떤 한 존재는 다른 한 존재에게 영향을 주곤 한다. 소중한 존재이기에 그럴 수밖에 없다.

"왜 더 살아야 하는지 설득해 봐,라고 인아가 나에게 말했었다. 그러니까, 내가 더 살아 있는 것에 무슨 의미가 있는지. 망설이는 나의 대답을 더 기다리지 않고 인아는 말했다. (나한테는 근본적으로 위대함이 결핍돼 있어. 이 얘기도 언젠가 했어. 기억해?) 기억했지만 나는 여전히 대답하지 않았다. 거울에서 몸을 돌려 돌아보자, 인아의 담담한 눈길이 내 얼굴을 찬찬히 응시했다. (내 안에서 가볼 수 있는 데까지 다 가봤어. 밖으로 나가는 것 말고는 길이 없었어. 그걸 깨달은 순간 장례식이 끝났다는 걸 알았어. 더 이상 장례식을 치르듯 살 수 없다는 걸 알았어. 물론 난 여전히 사람을 믿지 않고 이 세계를 믿지 않아. 하지만 나 자신을 믿지 않는 것에 비하면, 그런 환멸은 아무것도 아니라고 말할 수 있어.)"

더 살아가야 하는 이유는 무엇인 걸까? 지나간 시간이 그리 의미 있었던 것도 아닌 것 같고, 앞으로 남은 시간도 이제까지 그랬던 것처럼 별반 차이가 없을 것 같은데, 무엇을 바라고 우리는 계속 살아가야 하는 것일까? 가볼 때까지 다 가봤는데, 더 이상 새로운 것도 없을 텐데, 우리는 무엇을 바라고 이 세상에서 계속 존재자로 있어야 하는 것일까?

"그것이 아주 오래전, 그녀가 위태롭게 어두웠을 때, 단 하룻밤의 몇 시간 동안 허락된 일이었다는 것을 알고 있다. 그런 일을 겪은 뒤에도 우리가 계속 살아가야 한다는 것을 알고 있다. 모든 것이 환영처럼 잠시 이뤄지거나 단박에 파괴된 뒤에도, 검은 바다의 밑면 같은 거리를 한 걸음씩 못을 치며 나아가는 일만 남는 것을 알고 있다. 나 역시 사람을 믿지 않는다고, 고통을 주는 데가 있는 인아의 웃음을 보며 생각한다. 언젠가 그녀가 나를, 내가 그녀를 깊게 상처 입히리란 것을 알고 있다. 우리 산책이 영원하지 않으리란 것을 안다."

상처를 받고 상처를 주는 것을 이제는 두려워하지 않는다. 어차피 내가 사랑하는 소중한 사람한테 아픔을 주기고 하고, 나 또한 그로부터 고통을 받기도 한다. 그런 것이 어쩌면 당연한 것인지도 모른다. 하지만 그것이 겁이 나서 그를 버리거나 내가 떠난다고 한다면 영원히 치유되지 못하는 상처로 남게 될 뿐이다.

"에우로파,

너는 목성의 달

암석 대신 얼음으로 덮인 달

지구의 달처럼 하얗지만

지구의 달처럼

흉터가 패지 않은 달

아무리 커다란 운석이 부딪친 자리도

얼음이 녹으며 차올라

거짓말처럼 다시 둥글어지는,

거대한 유리알같이 매끄러워지는"

목성의 위성, 에우로파처럼 우리의 삶도 그와 별반 다르지 않음을 이제는 알 수 있을 것 같다. 우리가 할 수 있는 것은 그 모든 것을 포용하고 그저 아무 생각 없이 살아가야 하는 것이 아닐까?

한강의 〈나무 불꽃〉에서 정신 병원에 있는 영혜는 나무가 되고 싶어 한다.

"언니, 내가 물구나무서 있는데, 내 몸에 잎사귀가 자라고, 내 손에서 뿌리가 돋아서 땅속으로 파고 들었어. 끝없이, 끝없이. 응, 사타구니에서 꽃이 피어나려고 해서 다리를 벌렸는데, 활짝 벌렸는데."

그녀는 왜 나무가 되고 싶어 했던 것일까? 그녀 안에 있는 그 무엇이 그녀를 나무가 되기를 원하게 했던 것일까? 영혜는 나무가 되기 위해 음식을 하나도 먹지 않는다. 나무처럼 물과 햇빛만 있으면 충분하다고 생각한다.

"영혜의 음성은 느리고 낮았지만 단호했다. 더 이상 냉정할 수 없을 것 같은 어조였다. 마침내 그녀는 참았던 고함을 지르고 말았다.

네가! 죽을까 봐 그러잖아!

영혜는 고개를 돌려, 낯선 여자를 바라보듯 그녀를 물끄러미 건너다보았다. 이윽고 흘러나온 질문을 마지막으로 영혜는 입을 다물었다.

왜, 죽으면 안 되는 거야?"

영혜는 왜 죽으면 안 되는 것이라고 말하고 있는 것일까? 그녀는 삶에 대한 애착이나 미련이 하나도 없었다. 죽음이나 삶에 별 차이가 없다고 생각하는 것이다. 죽는다고 아쉬울 것도 없는 듯 그녀는 죽음에 대해 어떤 두려움도 없었고, 오히려 그것을 원하고 있었다. 그녀의 삶의 무엇이 그녀를 이렇게 만들었던 것일까?

"맞은편에는 후락한 가건물들이 서 있었고, 차량이 다니지 않는 가장자리의 침목들 사이로 손질 안 된 풀들이 웃자라 있었다. 문득 이 세상을 살아본 적이 없다는 느낌이 드는 것에 그녀는 놀랐다. 사실이었다. 그녀는 살아본 적이 없었다. 기억할 수 있는 오래 전의 어린 시절부터, 다만 견뎌왔을 뿐이었다. 그녀는 자신이 선량한 인간임을 믿었으며, 그 믿음대로 누구에게도 피해를 주지 않았다. 성실했고, 나름대로 성공했으며, 언제까지나 그럴 것이었다. 그러나 이해할 수 없는 일이었다. 그 후락한 가건물과 웃자란 풀들 앞에서 그녀는 단

한 번도 살아본 적 없는 어린아이에 불과했다.”

자신이 원하는 삶을 살아본 적 없이 그렇게 세월을 보냈던 영혜와 언니, 돌이켜보면 그들의 삶의 주인은 자신들이 아니었던 것이다. 나무가 평생을 그 자리에서 수동적으로 살아가는 것처럼, 그들의 삶도 자신이 아닌 다른 사람에 의해, 아니면 사회에 의해 그저 주어진 것들을 해내는 것에 불과했던 것이다.

“봄날 오후의 국철 승강장에 서서 죽음이 몇 달 뒤로 다가와 있다고 느꼈을 때, 몸에서 끝없이 새어 나오는 선혈이 그것을 증거한다고 믿었을 때 그녀는 이미 깨달았다. 자신이 오래전부터 죽어 있었다는 것을. 그녀의 고단한 삶은 연극이나 유령 같은 것에 지나지 않는다는 것을. 그녀의 곁에 나란히 선 죽음의 얼굴은 마치 오래전에 잃었다가 돌아온 혈육처럼 낯익었다.”

영혜가 나무가 되려고 하는 것에서 언니 또한 자신의 삶도 죽어 있었음을 깨닫게 된다. 무엇을 위해 살아가야 하는지, 누구를 위해 자신은 존재하고 있는 것인지, 스스로의 삶을 위해서는 무엇을 하고 있는 것인지 생각하게 돼. 영혜는 자신의 삶이 나무 같았던 삶이었기에, 만약 그렇다면, 차라리 아예 나무가 되려고 했던 것이다.

“아직 어두운 새벽, 지우가 깨어나기 전까지의 서너 시간. 어떤 살아 있는 것의 기척도 들리지 않는 시간. 영원처럼 길고, 늪처럼 바닥이 없는 시간. 빈 욕조에 웅크려 누워 눈을 감으면 캄캄한 숲이 덮쳐온다. 검은 빗발이 영혜의 몸에 창처

럼 꽂히고, 깡마른 맨발이 진흙에 덮인다. 그 모습을 지우려
고 고개를 흔들면, 어째서인지 한낮의 여름 나무들이 마치 초
록빛의 커다란 불꽃들처럼 그녀의 눈앞에 어른거린다. 영혜가
들려준 환상 때문일까. 살아오는 동안 보았던 수많은 나무들,
무정한 바다처럼 세상을 뒤덮은 숲들의 물결이 그녀의 지친
몸을 휩싸며 타오른다. 도시들과 소읍들과 도로는 크고작은
섬과 다리들처럼 그 위로 떠올라 있을 뿐, 그 뜨거운 물결에
밀려 어디론가 서서히 떠내려가고 있을 뿐이다."

영혜와 언니는 나무 같은 삶을 끝내고 싶었다. 나무에 불이
붙어 찬란하게 불꽃이 타오르는 것처럼, 그들은 지금까지 살
아온 것들이 모두 타 사라지기를 희망했다. 자신의 삶이 아닌
그저 주어진 위치에서 주어진 대로 살아가야 하는 인생 자체
에 무의미함을 느낄 뿐이었다.

우리의 삶은 무엇을 위한 것일까? 나는 얼마나 나의 삶의
주인으로서 살아가고 있는 것일까? 그냥 나무처럼 주어진 대
로만 살아가고 있는 것은 아닐까? 오늘 해야 할 일을 하고,
주어진 대로만 지내고, 나 자신을 위한 삶이 아닌 다른 것들
을 위한 나의 삶으로만 나의 인생은 채워져 가는 것은 아닐
까? 그러한 삶이라면 그것이 얼마나 의미 있는 것일까? 내가
주인이 아닌 삶이라면 나는 왜 존재하고 있는 것일까?

지극히 평범했던 사람이 갑자기 바뀔 수가 있는 것일까?
평상시에 먹는 것에 아무런 문제가 없던 사람이 어느 날부터
육식을 전혀 하지 않고 채식만 할 수 있는 것일까?

우리의 삶은 어디로 흘러갈지 전혀 알 수가 없다. 평범한

삶이 갑자기 어떻게 될지는 그 누구도 예상할 수 없다. 아무 일 없이 주어진 대로 살아갈 수 있을 것 같은 우리의 삶은 예상하지 못한 일들로 인해 그동안 살아왔던 것들이 완전히 바뀔 수도 있다.

한강의 소설 〈채식주의자〉는 한 평범했던 회사원의 아내가 어느 날 갑자기 채식주의자가 되면서 일어나는 결코 평범하지 않은 이야기이다. 그의 아내는 왜 채식주의자가 됐던 것일까?

"발에 물컹한 것이 밟혀 나는 말을 멈췄다. 내 눈을 믿을 수 없었다. 아내는 어젯밤과 똑같은 잠옷차림으로, 부스스 헝클어진 머리를 늘어뜨린 채 쪼그려 앉아 있었다. 그녀의 몸을 중심으로 희고 검은 비닐봉지들과 플라스틱 밀폐용기들이 발 디딜 데 없이 부엌 바닥에 널려 있었다. 샤브샤브용 쇠고기와 돼지고기 삼겹살, 커다란 우족 두 짝, 위생팩에 담긴 오징어들, 시골의 장모가 얼마 전에 보낸 잘 손질된 장어, 노란 노끈에 엮인 굴비들, 포장을 뜯지 않은 냉동만두와 내용물을 알 수 없는 수많은 꾸러미들. 부스럭거리는 소리를 내며 아내는 커다란 쓰레기봉투에 그것들을 하나씩 주워 담는 중이었다."

아내는 무슨 이유로 냉장고에 있던 고기와 생선을 모두 버린 것일까? 그전에는 먹는 데 있어서 지극히 정상적인 그녀였기에 남편은 아내의 갑작스런 행동에 놀랄 수밖에 없었다.

"하지만 난 무서웠어. 아직 내 옷에 피가 묻어 있었어. 아무도 날 보지 못한 사이 나무 뒤에 웅크려 숨었어. 내 손에 피가 묻어 있었어. 내 입에 피가 묻어 있었어. 그 헛간에서,

나는 떨어진 고깃덩어리를 주워 먹었거든. 내 잇몸과 입천장에 물컹한 날고기를 문질러 붉은 피를 발랐거든. 헛간 바닥, 피웅덩이에 비친 내 눈이 번쩍였어. 그렇게 생생할 수 없어. 이빨에 씹히던 날고기의 감촉이. 내 얼굴이, 눈빛이. 처음 보는 얼굴 같은데, 분명 내 얼굴이었어. 아니야, 거꾸로, 수없이 봤던 얼굴 같은데, 내 얼굴이 아니었어. 설명할 수 없어. 익숙하면서도 낯선⋯⋯. 그 생생하고 이상한, 끔찍하게 이상한 느낌을."

그녀가 갑자기 채식주의자가 된 것은 꿈을 꾸었기 때문이었다. 그 꿈이 그녀를 전혀 육식을 하지 못하게 만들어 버리고 말았다. 그녀는 왜 그런 꿈을 꾸었던 것일까? 꿈을 꾸었다고 해서 그 꿈이 무서워 육식을 하지 않는 채식주의자가 된 이유는 무엇 때문일까?

"내 다리를 물어뜯은 개가 아버지의 오토바이에 묶이고 있어. 그 개의 꼬리털을 태워 종아리의 상처에 붙이고, 그 위로 붕대를 친친 감고, 아홉 살의 나는 대문간에 나가 서 있어. 무더운 여름날이야. 가만히 있어도 땀이 뻘뻘 흘러내려. 개도 붉은 혓바닥을 턱까지 늘어뜨리고 숨을 몰아쉬고 있어. 나보다 몸집이 큰, 잘생긴 흰 개야. 주인집 딸을 물어뜯기 전까진 영리하다고 동네에 소문났던 녀석이었지. 그날 저녁 우리 집에선 잔치가 벌어졌어. 시장 골목의 알 만한 아저씨들이 다 모였어. 개에 물린 상처가 나으려면 먹어야 한다는 말에 나도 한입을 떠넣었지. 아니, 사실은 밥을 말아 한 그릇을 다 먹었어. 들깨 냄새가 다 덮지 못한 누린내가 코를 찔렀어. 국

밥 위로 어른거리던 눈, 녀석이 달리며, 거품 섞인 피를 토하며 나를 보던 두 눈을 기억해. 아무렇지도 않더군. 정말 아무렇지도 않았어."

아무렇지도 않은 것이 아니었다. 아무것도 몰랐던 유년 시절의 기억은 잠재의식 속에 남았고 세월을 거치면서 그와 비슷한 일들이 그렇게 누적되었다. 그리고 어느 한순간 아무렇지도 않았던 것이 아무렇지 않을 수가 없다는 것을 알게 되었던 것이다.

"어떤 고함이, 울부짖음이 겹겹이 뭉쳐져, 거기 박혀 있어. 고기 때문이야. 너무 많은 고기를 먹었어. 그 목숨들이 고스란히 그 자리에 걸려 있는 거야. 틀림없어. 피와 살은 모두 소화돼 몸 구석구석으로 흩어지고, 찌꺼기는 배설됐지만, 목숨들만은 끈질기게 명치에 달라붙어 있는 거야. 한 번만, 단 한 번만 크게 소리치고 싶어. 캄캄한 창밖으로 달려 나가고 싶어. 그러면 이 덩어리가 몸 밖으로 뛰쳐나갈까. 그럴 수 있을까. 아무도 날 도울 수 없어. 아무도 날 살릴 수 없어. 아무도 날 숨 쉬게 할 수 없어."

누군가에게는 다른 사람이 모르는 무언가가 있기 마련이다. 그 무엇이 그 사람의 삶을 완전히 바꾸어 버릴 수가 있다. 어떤 상황이 와도 그 힘을 이겨낼 수 없을 만큼 그 무엇이 그에게 있어서는 그렇게 커다란 것일 수밖에 없다.

"아내는 분수대 옆 벤치에 앉아 있었다. 환자복 상의를 벗어 무릎에 올려놓은 채, 앙상한 쇄골과 여윈 젖가슴, 연갈색 유두를 고스란히 드러내고 있었다. 그녀는 왼쪽 손목의 붕대를 풀어버렸고, 피가 새어 나오기라도 하는 듯 봉합 부위를 천천히 핥고 있었다. 햇살이 그녀의 벗은 몸과 얼굴을 감쌌다. 나는 아내의 움커쥔 오른손을 펼쳤다. 아내의 손아귀에 목이 눌려 있던 새 한 마리가 벤치로 떨어졌다. 깃털이 군데군데 떨어져 나간 작은 동박새였다. 포식자에게 뜯긴 듯한 거친 이빨자국 아래로, 붉은 혈흔이 선명하게 번져 있었다."

우리가 살아가면서 내면의 쌓여가는 그 모든 것은 어느 순간 갑자기 튀어나와 우리의 전체 삶을 송두리째 바꾸어 놓을지 모른다. 그것이 꿈일 수도 있고, 사소한 말 한 마디 일수도 있으며, 아무 생각 없이 습관처럼 했던 행동일수도 있고, 사진 한 장일수도 있으며, 사실이 아니지만 다른 사람에게 들은 소문일수도 있다.

아무 생각 없이 먹었던 고기와 생선이 그녀에게는 다른 존재의 생명이라는 것을 그녀는 어느 순간 갑자기 깨닫게 되던 것이다. 해서 그녀는 생명을 앗아가는 존재였기에 자신의 그러함에 대해 참을 수가 없었던 것이다. 그녀는 이제 더 이상 그러한 길로 갈 수 없기에 다른 사람이 보기에는 지극히 비정상적인 삶을 살아갈 수밖에 없었다.

우리도 어느 순간 그녀처럼 '채식주의자'의 삶을 살아가게 될지도 모른다. 나의 내면 속에 잠자고 있던 것이, 혹은 내 주위의 수면 밑에서 숨고 있던 그 무엇이 이제는 그동안 살아왔던 삶을 좌우할 수 있는 존재가 되어 나의 삶을 휘감아버릴지도 모른다. 삶은 그래서 어렵고 무거울 수밖에 없는 것이 아닐까?

이 세상에 유토피아는 존재하지 않는다. 이상향은 그저 이상향일 뿐이다. 현실은 유토피아가 아니기에 디스토피아일까? 아니면 유토피아를 꿈꾸기에 디스토피아일까? 유토피아를 포기하지 못하는 이유는 무엇일까? 한강의 〈훈자〉는 존재하지 않는 유토피아를 꿈꾸는 우리의 현실을 한 번쯤은 돌아봐야 할 필요를 생각하게 해 주는 소설이다.

"그러나 그 여자가 그것 때문에 고통을 느끼는 것은 아니다. 지난 몇 해 동안 하루라도 깊이, 죽은 듯이 잠들 수 있었다면 좋았을 것이다. 그러나 그것도 이유의 전부는 아니다. 초죽음이 될 때까지 야근과 밤샘을 반복해야 하는 감사 시즌이 닥쳐오고 있다. 그 여자의 남편은 상황이 더 나빠졌고, 그 여자의 아들은 지금 혼자서 그 여자를 기다리고 있다. 그러나 그중 어떤 것도 그 여자가 지금 느끼는 고통을 다 설명할 수 없다."

훈자는 지리적으로 인도의 북서부 파키스탄의 잠무카슈미르에 있는 곳이다. 우리가 상상하는 유토피아가 있다면, 이런 곳일까? 우리는 그곳에 갈 수 있을까? 현실에서 만날 수 있는 곳일까? 우리는 왜 훈자라는 유토피아를 생각하는 것일까?

"어디로 눈을 들어도 해발 육천 미터의 눈 덮인 봉우리들이 보이는, 지구상에서 가장 아름답다는 길. 탄식처럼 갑자기 훈자는 나타날 것이다. 지대가 높아, 늦은 봄이 되어서야 살구꽃이 지천으로 피는 곳. 가을이면 말린 살구가 가게마다 그득한 곳. 한번 들어가면 떠나고 싶지 않아지기 때문에 장기

여행자들의 블랙홀이라 불리는 곳."

현실은 어쩌면 유토피아가 될 수 없는 곳임에 너무나 분명하다. 그렇기에 우리는 훈자를 가보고 싶어 하는 것일까? 비록 그곳이 유토피아는 아니지만, 한 번이라도 그런 곳에 가볼 수 있음으로 유토피아에 대한 희망을 버리고 싶지 않기에 그런 꿈을 꾸는 것일까? 아니면 지금 발을 디디고 있는 이 디스토피아를 어쨌든 벗어나고 싶기에 그런 희망을 포기하지 못하는 것일까?

"젊은 아동 상담사는 심각한 표정을 건너다보며, 애써 담담하게 그 여자는 설명했다. 좀 더 많은 시간 아이를 돌보고 싶지만 그럴 수 없는 자신의 상황에 대해. 육아를 책임질 수도, 정서적으로 돌볼 수도 없는 남편의 성격에 대해. 상담사는 그 여자의 고백에 전적으로 - 직업적으로 - 공감했고, 더 이상 양쪽 가계의 정신병력을 물으며 눈을 동그랗게 뜨지 않았다. 대신 세 가지 해결책을 그 여자에게 주었다. 첫째, 아이를 돌봐줄 제삼의 조력자를 찾는 것. 둘째, 아이와 함께 있는 동안만큼은 근심 없이 즐거운 시간을 보내는 것. 셋째, 그 여자의 남편을 자신에게 보내 상담받게 하는 것. 덧붙일 것 없이 분명한 그 답들을 받아 들고 그 여자는 고개를 끄덕였다."

현실이 버겁지 않은 사람이 있을까? 마음 편하게 평생을 아무 걱정 없이 살아갈 수 있는 사람이 이 지구상에 존재하고 있을까? 누구나 행복을 꿈꾸지만, 우리는 얼마나 행복을 느끼면 살아가고 있는 것일까?

"더 이상 그 여자는 훈자를 생각하지 않았다. 훈자인 훈자도, 훈자가 아닌 훈자도 생각하지 않았다. 언제나 그랬듯 깊은 잠을 이루지 못했으나, 더 이상 악몽에 시달리지 않았다. 그러자 어느 날인가부터, 수면 부족 때문에 실제보다 표면이 건조하고 거칠어 보이는 사물들 위로, 결코 훈자일 수 없는 것들이 떠올랐다 사라졌다. 그것이 훈자라는 것을 오직 그 여자만 알 수 있는 것들, 그것이 왜 훈자인지 누구에게도, 자신에게조차 설명할 수 없는 것들이었다."

이제 그녀는 더 이상 훈자를 꿈꾸지 않았다. 희망은 단지 존재하는 것만으로 우리를 변화시키지 않는다. 꿈은 단지 꿈일 뿐 깨어나고 나면 허무할 뿐이다. 삶은 그저 받아들임으로 족하다. 그것이 아마 우리가 갈 수 있는 훈자, 즉 유토피아일지도 모른다.

24. 행복에 대한 소망

나는 오늘도 행복을 소망하고 있다. 내가 바라는 것은 그저 조그마한 행복이다. 물론 가슴 벅차게 밀려오는 커다란 행복도 좋겠지만, 그건 단지 욕심일 뿐이다.

그렇다고 해서 행복을 삶의 유일한 목표로 두고 있지는 않다. 만약 그렇게 한다면 그것을 이루기 위해 힘들게 노력해야 하기 때문이다. 노력이라는 것에는 희생이 따른다. 나는 이제 어떤 것을 희생해야 할 인생의 단계에 있지는 않다.

이제는 그저 소소한 것에 만족하는 것으로 족하다. 거창한 것을 바라지 않는다. 누군가를 기대하지도 않는다. 그 누구를 통해 행복을 얻으려 하지도 않을 것이다. 어떠한 일을 이루어 만족함을 느낄 마음도 없다. 오늘 하는 일 그 자체가 있다는 것이 행운이라는 생각이다.

별것 아닌 것에서도 행복을 느끼고 싶다. 보잘것없는 것에서도 만족함을 느끼고 싶다. 매일 하는 일상에서도 행복을 느끼고 싶다. 똑같이 반복되는 것에서 행복을 느끼고 싶다. 그것이 내가 바라는 행복에 대한 소망이다.

나에게 불행한 일이 다가와도 상관없다. 나를 힘들게 하거나 괴롭게 하는 일이 덮쳐와도 상관없다. 커다란 아픔이나 슬픔이 다가와도 상관없다. 그러한 가운데에서도 중심을 잡고 흔들리지 않는 마음을 가지면 어느새 다시 행복을 느끼는 순간이 올 것이기 때문이다.

누군가가 싫고, 누군가가 미워지더라도 그것으로 인해 나의 행복을 잃고 싶지도 않다. 그냥 그를 용서하고 잊는 것으로 나의 행복에 대한 소망의 끈을 놓지 않으려 한다. 어떠한 관계에게 나의 조그마한 행복을 빼앗길 수는 없다. 나에게는 행복을 느낄 시간마저 충분하지 않기 때문이다.

나는 행복에 대한 소망이 있기에 나에게 주어진 오늘 하루가 감사할 뿐이다.

〈행복의 얼굴〉

이해인

사는 게 힘들다고
말한다고 해서
행복하지 않은 것은 아닙니다

내가 지금 행복하다고
말한다고 해서
나에게 고통이 없다는 뜻은 아닙니다

마음의 문 활짝 열면
행복은 천 개의 얼굴로
아니
무한대로 오는 것을
날마다 새롭게 경험합니다

어디에 숨어있다
고운 날개 달고
살짝 나타날지 모르는
나의 행복

행복과 숨바꼭질하는
설렘의 기쁨으로 사는 것이
오늘도 행복합니다

25. 모과나무에 대한 단상

아파트가 없었던 시절, 웬만한 집 마당엔 나무 한 그루씩은 있었다. 옆집엔 친구가 살고 있었고 친구네 집 마당엔 모과나무가 심어져 있었다. 친구 집을 갈 때마다 은은히 전해져 오는 모과 향이 나의 시선을 붙잡곤 했다. 친구한테 모과로 무얼 하냐고 물어보았더니, 차도 만들어 마시고, 집 안에 놔두면 향도 좋다고 답하던 것이 기억이 난다. 차를 마셔본 적도 없는 나는 그 말이 무슨 뜻인지 가슴에 와닿지 않았다.

어느 날 친구네 집에 갔을 때 주렁주렁 열린 모과가 왠지 걱정되어 한참이나 바라보았다. 모과가 너무 많이 달려 있었기 때문이었다. 한번은 친구네 집에 갔다가 모과나무 나뭇가지가 부러져 있는 것을 발견했다. 부러져 있던 나뭇가지에도 모과는 매달려 있었다. 그것을 본 친구는 너무나 익숙한 듯 아무렇지도 않게 모과 열매를 따서 집안으로 가지고 들어갔다. 친구 말로는 모과가 너무 많이 달려 가지가 지탱을 못 해 나뭇가지가 부러진다고 했다.

모과나무에는 왜 그리 많은 열매가 달리는 것일까? 모과 하나의 무게만 해도 결코 가볍지가 않은데, 그리 많은 모과가 한 나무에 열리니 나뭇가지가 버티지 못하는 것은 당연한 것인지도 모른다.

모과나무도 욕심이 있는 것일까? 스스로 감당하지 못하는 열매를 그렇게 많이 맺는 이유는 무엇 때문일까? 어차피 버티지 못해 자신의 일부인 가지마저 부러지는 판에 왜 그리 욕심을 내는 것일까?

요즘엔 내가 할 수 있는 것만 하는 것으로 충분하다는 생각이 들곤 한다. 예전에 내가 감당하지 못하는 것까지 욕심을 내곤 했었던 것이 솔직한 고백이다. 그로 인해 힘들었던 것은 나뿐만 아니라 주위의 다른 사람마저 나의 욕심으로 인해 힘들었다는 것을 몰랐다. 나 또한 모과나무였던 것이다.

많은 것보다는 있는 것만으로도 부족함이 없다는 것을 이제야 깨닫는다.

26. 과거에 얽매임

이 세상에 완벽한 사람은 존재하지 않는다. 살아가다 보면 실수를 할 때도 있고 잘못을 저지를 때도 있다. 하지만 주위의 사람들이나 사회에서는 그것을 실수로 생각하지 않는다. 자신 또한 그것에 얽매어 현재와 미래를 잃어버리고 살아가게 된다.

이청준의 〈행복원 예수〉는 순간적인 실수로 인해 그것이 굴레가 되어 삶의 기쁨과 행복은 물론 평생의 십자가가 되어 제대로 된 삶을 살아가지 못하는 이야기이다.

"손에 매달린 녀석 혼자 신기한 듯 자랑스러운 듯 내 쪽을 힐끔거리고 지나갔다. 그렇게 두 사람이 막 정문을 빠져나가려고 했을 때, 그리고 그 사내아이가 아쉬운 듯 나를 한 번 더 돌아보고 눈을 돌렸을 때였다. 나는 나의 눈과 혼과 팔다리와 몸뚱이가 한데 불덩이가 되어 녀석에게로 튀어갔다. 그리고 언제 움켜쥔 줄도 모르는 돌멩이로 녀석의 뒤통수를 내 힘껏 까부쉈다. 그리고 나는 행복원을 쫓겨났다."

자신의 소중한 것을 빼앗겨 어떻게 하지 못해 순간적인 실수를 저지른 것이 너무나 큰 결과를 불러왔다. 전혀 의도하지 않았던 일이 일어났고 이후 그것에 갇혀 마음의 감옥 속에

간혀 살아가야만 했다.

잊어버리고 싶어도 잊지 못하고, 벗어나고 싶어도 벗어나지 못하는 운명의 굴레에 삶은 조금씩 무너져 내리고, 결국 행복한 삶을 소망조차 하지 못했다.

"무엇을 두려워해도 그 두려움 자체에 이미 용서가 약속되어 있는 거라고 믿어온 나였지만, 최 노인의 그 격한 목소리는 오늘날까지도 늘 어떤 숙명의 짐처럼 나를 무겁게 덮쳐 누르고 있었다. 하여 나에겐 오직 그 한 가지 일만이 언제까지나 용서받지 못한 마음속 죄과의 짐으로 남아온 셈이었고 나는 오히려 싫지 않게 그 짐을 짊어져 온 것이었다."

누가 누구를 용서할 수 있는 것일까? 살아가면서 단 한 번도 잘못을 저지르지 않는 사람이 있을까? 타인의 실수나 잘못을 왜 그리 탓하는 것일까? 자신 또한 과거에 얽매어 너무나 소중한 현재와 미래를 잃어버리고 있는 것은 아닐까?

타인을 용서할 수 있는 자가 진정 자신도 용서할 수 있는 사람이 아닐까 싶다. 자신 스스로도 되돌아보고 더 이상 그러한 일을 반복하지 않는다면 자신을 용서해야 할 필요도 있다.

다른 사람을 탓하고 비난하고 욕하며 용서하지 못하는 사람은 결국 자신 또한 스스로를 감옥에 가둔 채 살아갈 수밖에 없을 것이다. 그 과거로부터 자유롭지 않은 이상, 그는 과거에만 묻혀서 살아가고 있는 것이다.

27. 편집위원으로 일한다는 것

문학에 발을 들여놓은지는 얼마 되지 않지만, 좋은 분들을 만나 인연을 이어왔다. 시, 수필, 소설을 쓰는 분들과 많게는 일주일에 한 번, 적게는 한 달에 한두 번씩 만나며 자신의 글을 나누고 인생에 대해 이야기하는 시간이 즐거웠다. 인연이라는 것이 쌓이면 또 다른 무언가가 이루어지는 것이 인생인가 보다. 어쩌다 우연히 편집위원을 맡게 된 지 일 년이 다가온다.

사실 나는 편집위원이긴 하지만 하는 일은 별로 없다. 편집회의할 때 가서 조용히 앉아있다가 의견 몇 개 말씀드리고 맛 나는 음식을 먹으면 된다. 편집주간과 편집장이 있어 그분들이 거의 모든 일을 하신다. 편집본이 나오면 다시 모여 이야기하고 교정을 보면 그것으로 내가 할 일은 끝이 난다. 2차 교정까지 마치고 나면 멋진 모습의 책이 되어 나온다.

어제 "청주 직지 예술" 출간기념식과 신인문학상 시상식이 청주 예술의 전당 대강당에서 있었다. 청주 직지 예술은 문학뿐만 아니라 모든 예술을 담으려는 취지로 발간하는 잡지이다. 상반기에 한 번, 하반기에 한 번, 일 년에 두 번 발간하고 있다.

비록 지방에서 발간하는 잡지이기에 많은 사람들이 알지는 못하지만, 회장님을 비롯한 회원 모두가 나름대로 최선을 다해 발간하고 있다.

기념식이 오후 6시였는데, 수업을 5시에 끝내고 출발하려 하니 눈이 펑펑 쏟아지고 있었다. 정상적으로 가도 1시간이 훌쩍 넘게 걸리는데 도로에 자동차들이 평상시의 절반의 속도도 내지 못하고 있었다. 아무리 빨리 가도 시간 안에 도착할 수 없다는 생각에 아예 마음을 비웠다. 끝나기 전에 도착이라도 하면 다행이라는 생각으로 사고라도 나지 않기를 바라며 운전을 했다.

갈수록 눈은 점점 더 심하게 쏟아졌고 앞이 아예 보이지 않을 정도였다. 편집위원이 빠지면 안 될 것 같아 애를 썼지만, 내 힘으로는 어쩔 수 없는 상황이었다. 행사가 다 끝나 식사 시간에라도 도착할 수 있기를 바랄 수밖에 없었다.

겨울이 시작된 지 얼마 되지도 않았는데 함박눈이 이렇게 많이 오다니 참으로 이상했다. 하지만 나는 눈을 좋아한다. 비록 운전하는 것이 불편하기는 하지만, 이왕 오는 눈을 내가 막을 수도 없는 노릇이니 그냥 눈을 보고 즐기면서 운전을 해야겠다는 생각에 마음이 느긋해졌다.

간신히 쏟아지는 눈을 헤치고 행사장에 도착하니 예상한 대로 기념식은 이미 끝나 있었다. 내가 들어오는 것을 보신 회장님은 나를 불러 올해 내가 출간한 책에 대한 기념패를 주셨다. 행사가 끝났는데도 불구하고 챙겨주시는 것에 대해 죄송함과 고마운 마음이 밀려왔다.

새로 출간된 "청주 직지 예술 12호"를 받고 보니 너무 예뻐 보였다. 비록 내가 한 일은 별로 없지만 그래도 여러 좋은 분들과 회의도 하고 교정도 보고 그렇게 만들어진 책을 보니 나름대로 보람이 느껴졌다.

단체 기념사진도 찍고 마음이 따뜻한 분들과 인사를 하고 뷔페를 먹으며 그간 지낸 이야기도 하니 눈 속을 헤치고 온 것이 전혀 힘들게 느껴지지 않았다.

내년 1년만 더 하고 편집위원을 그만두겠지만, 맡고 있는 동안에는 조그마한 힘이라도 되어야 할 텐데 하는 마음이 앞선다. 편집위원이 해야 할 일은 지난번에 발간한 것보다 더 나은 모습으로 새로운 호를 만들어 내는 것이 아닐까 싶다. 지난번에 발간한 것이나 이번에 발간한 것이 별 차이가 없다면 아무런 의미가 없을 것이다. 편집 회의에서 항상 하는 이야기가 지난번에 발간한 것을 어떻게 더 나은 모습으로 새로 만들어 갈 것이냐 하는 것이다. 다음 호에는 내가 문학비평을 써보기로 했다. 그러기 위해서는 이번 겨울에 비평에 대해 더 많이 공부해야만 할 것 같다.

그래도 내가 조금이나마 할 수 있는 것이 있어 행복하다. 내년에 두 번 더 발행하고 나면 더 멋진 잡지가 되지 않을까 싶다. 비록 지방에서 발간하는 잡지라 할지라도 수준 높은 모습으로 더 발전하기를 진심으로 바랄 뿐이다. 내년에 임기가 끝나면 미련 없이 그만두려 한다. 누군가가 한 자리에 오래 있으면 좋지 않음을 알기에 더 훌륭한 분이 더 멋진 책을 만들어 낼 것이다.

어제 모든 순서를 마치고 집에 돌아와 새로 나온 책을 몇 번이나 넘겨보았다. 평생 과학만 하다가 문학을 하는 재미가 이렇게 좋은 것인 줄은 미처 몰랐다. 이제 과학뿐만 아니라 문학도 나에게는 너무나 소중한 인생의 동반자가 되어 버린 듯하다.

28. 역마살은 풀어야 할 뿐 이을 수가 없다

　우리의 삶은 얽히고 꼬인 실타래와 같은 것인지 모른다. 자신의 힘으로는 결코 풀어낼 수 없는 그런 실타래가 우리의 인생일 수도 있다. 김동리의 〈역마〉는 수많은 사람들이 오고 가는 화개장터에서 인간과 삶이 얽혀 도저히 어쩔 수 없는 운명에 대한 이야기이다.

　"그러나 서른여섯 해 전에 꼭 하룻밤 놀다 갔다는 젊은 남사당의 진양조 가락에 반하여 옥화를 배게 된 할머니나, 구름같이 떠돌아다니는 중과 인연을 맺어 성기를 가지게 된 옥화나 다같이 화개장터 주막에 태어났던 그녀들로서는 별로 누구를 원망할 턱도 없는 어미 딸이었다. 성기에게 역마살이 든 것은 어머니가 중 서방을 정한 탓이요, 어머니가 중서방을 정한 것은 할머니가 남사당에게 반했던 때문이라면 성기의 역마운도 결국은 할머니가 장본이라, 이에 할머니는 성기에게 중질을 시켜서 살을 때우려고도 서둘러 보았던 것이고, 중질에서 못다 푼 살을, 이번에는 옥화가 그에게 책장사라도 시켜서 풀어 보려는 속셈인 것이었다."

　할머니와 어머니, 그리고 성기는 화개장터라는 많은 사람들이 오고 가는 공간에서 살아왔다. 그곳에서의 삶은 얽히고 설키는 인연이 주어질 수밖에 없는 공간이었다. 자신의 힘으로 어찌할 수 없는 운명은 그들의 삶을 어디로 이끌어 갈지 알 수도 없었다. 운명이란 본인 의지에 따라 결정되는 것만은 아니다. 인간에게는 한계가 있기에, 그 한계를 넘어설 수 없는 삶을 꾸려갈 수밖에 없다.

"계연은 성기의 어깨를 흔들었다. 성기는 눈을 떴다. 계연은 당황하여 쥐고 있던 새파란 으름 두 개를 성기의 코끝에 내어 밀었다. 성기는 몸을 일으켜 그녀의 둥그스름한 어깨와 목덜미를 껴안았다. 그리고는 입술이 포개어졌다. 그녀의 조그맣고 도톰한 입수에서는 한나절 먹은 딸기, 오디, 산 복숭아, 으름들의 달짝지근한 풋내와 함께, 황토 흙을 찌는 듯한 향긋하고 고수한 고기 냄새가 느껴졌다."

우연히 성기의 주막에 잠시 맡겨진 계연, 오누이처럼 지내다가 사랑하는 마음으로 발전하고야 만다. 마치 성기의 할머니나 어머니처럼, 계연의 아버지처럼 그렇게 다시 얽히는 것이다.

"계연의 시뻘겋게 상기된 얼굴은, 옥화와 그녀의 아버지가 그녀들을 지켜보고 있다는 것도 잊은 듯이 성기의 얼굴만 뚫어지게 바라보고 있었으나, 버드나무에 몸을 기대인 성기의 두 눈엔 불꽃이 활활 타오를 뿐, 아무런 새로운 기적도 나타나지 않았다.

'오빠, 편히 사시오'
하고, 거의 울음이 다 된, 마지막 목소리를 남기고 돌아선 계연의 저만치 가고 있는 항라 적삼을, 고운 햇빛과 늘어진 버들가지와 산울림처럼 울려오는 뻐꾸기 울음 속에, 성기는 우두커니 지켜보고 있을 뿐이었다."

하지만 성기와 계연의 사랑은 운명이 이를 막아섰다. 계연은 성기보다 나이가 어려 동생 같았지만, 사실 성기의 이복 이모였다. 순수한 사랑마저 그들에게는 허락되지 않았다. 역마살이 그들의 운명을 그렇게 만들어 놓았다. 사랑하는 오빠를 떠나고 싶지 않았던 계연, 이미 마음 한가운데 차지해 버린 계연을 보내고 싶지 않은 성기, 하지만 그들은 이모와 조카라는 굴레 아래 운명처럼 헤어질 수밖에 없었다.

"갈아입은 옥양목 고의 적삼에, 명주 수건까지 머리에 질끈 동여매고 난 성기는, 새로 맞춘 새하얀 나무 엿판을 질빵해서 느직하게 엉덩이 즈음에다 걸었다. 윗목 판에는 새하얀 가락엿이 반 넘어 들어 있었고, 아래 목판에는 팔다 남은 이야기 책 몇 권과 간단한 방물이 좀 들어 있었다. 그의 발 앞에는 물과 함께 갈리어 길도 세 갈래로 나 있었으나 화갯골 쪽엔 처음부터 등을 지고 있었고 등남으로 난 길은 하동, 서남으로 난 길이 구례, 작년 이맘때도 지나 그려가 울음 섞인 하직을 남기고 체장수 영감과 함께 넘어간 산모퉁이 고갯길은 퍼붓는 햇빛 속에 지금도 하동 장터 위를 굽이돌아 구례 쪽을 향했으나 성기는 한참 뒤 몸을 돌렸다. 그리하여 그의 발은 구례 쪽을 등지고 하동 쪽을 향해 천천히 옮겨졌다."

운명이라는 받아들이는 것 외에 다른 선택이 있을 수 있을까? 역마살을 푸는 것 외에 어떤 것을 할 수 있단 말인가? 인간이 살아가면서 할 수 있는 선택은 그리 많지가 않다. 운

명의 힘을 경험해 본 사람은 그것을 더욱 확실히 알고 있을
것이다.

29. 쇼팽의 이별

내게 오는 모든 것은 언젠가 가기 마련이다.
가는 것을 붙잡는다 해도 붙잡을 수 없다.
오는 것이 두려운 이유는 언젠가 가기 때문이다.
마음을 주는 것이 망설여지는 이유이다.

쇼팽은 그의 조국 폴란드와 이별을 했다.
또한 그의 첫 사랑이었던 그라드코프스카와도 헤어졌다.
평생을 함께 하리라 믿었던 죠르주 상드와도 이별했다.
그에게 왔던, 자신이 진정으로 사랑했던, 그 모든 것이 떠나
갔다.
그에게 남겨진 것은 아픈 마음뿐이었다.
소중한 존재가 떠나간 후, 쇼팽은 어찌 그것을 다 감당했을
까?

하지만 삶은 또 다른 무언가가 오기 마련이다.
마음속에 두려움이 있어도, 이별을 더 이상 경험하고 싶지 않
아도, 삶은 그렇게 새로운 무언가가 다시 오곤 한다.

그냥 물 흘러가는 대로 내버려 두어야 하는 것일까?

바람이 부는 대로 지켜보아야 하는 것일까?

눈이 오는 것을 어찌 우리가 막을 수 있을까?
계절이 변하는 것을 어찌 막을 수 있을까?

때가 되어 그것이 오면 때가 되어 그것이 간다.

30. 12월

12월을 어떻게 보내야 할지 모르겠습니다. 이제 새해에 대한 기대보다는 두려움이 앞서는 것이 사실입니다. 앞날에 대한 희망보다는 걱정이 먼저 되는 것은 아마 나에게 처해진 모든 상황과 환경 때문이겠지요. 하지만 내면의 약소함이 더 커다란 이유가 될 것입니다.

할 수 있는 것보다는 할 수 없는 것이 점점 많아짐을 느낍니다. 도전보다는 그저 만족함이 이제는 더 익숙합니다. 힘든 것을 극복하여 무언가를 이루려는 것보다는 오늘 하루 마음이 편하게 지내는 것이 좋음을 인정하지 않을 수가 없습니다.

오늘은 눈이 많이도 내렸습니다. 새벽에 서울에 가서 일을 하고 집으로 돌아오는 길엔 폭설이 내리고 있었습니다. 우산이 없기에 그냥 내리는 그 눈을 온몸으로 다 맞았습니다. 오랜만에 실컷 맞아보는 눈이었습니다. 어릴 적 친구들과 함께 눈 속에서 뛰놀던 생각이 났습니다. 이제 만나고 싶어도 만날 수 없는 친구들도 있고, 힘들게 애쓰지 않으면 만나기 어려운 친구들도 있습니다.

12월의 절반이 지나갑니다. 애쓰지 않아도 흘러가는 시간이 야속하기만 합니다. 하고 싶은 것도 많고 해야 할 것도 많은데 시간은 나에게 아무런 여유도 부리지 못하게 합니다. 후회 되는 것도 있고, 미련이 남는 것도 있지만, 나의 능력으로는 감당하지 못하기에 그냥 순응하며 이 12월을 보낼 수밖에 없습니다.   예전엔 추운 것이 싫지는 않았습니다. 사계절 중에 겨울을 제일 좋아했던 것 같습니다. 하지만 이제는 추운 것을 좋아하지 않습니다. 그냥 따뜻한 것이 그립기만 합니다.

어둠이 밀려가면 밝은 날이 오기는 할 것입니다. 아픔이 지나가면 기쁜 날도 올 것입니다. 힘든 날이 지나가면 즐거운 날도 다가올 것입니다. 하지만 상처와 흔적은 남을 것입니다. 12월이 그 상처와 흔적을 모두 가져가 버렸으면 좋겠습니다. 이루지 못한 아쉬움과 끝내 해내지 못한 미련과 회한도 모두 가져가 버렸으면 좋겠습니다. 내가 한 실수와 잘못도 12월과 더불어 끝나버렸으면 좋겠습니다.

내일도 눈이 온다고 합니다. 좋은 소식들이 눈과 더불어 오기를 바랍니다. 아픔보다는 즐거움이, 슬픔보다는 기쁨이, 이루지 못함보다는 이루어냄이 눈과 더불어 오기를 희망합니다. 아직 나에게는 욕심이 남아있기는 한가 봅니다.

12월을 그렇게 보내겠습니다. 조그만 욕심을 부리며, 더 밝은 날을 희망하며, 더 따뜻한 순간을 소망하며, 그렇게 12월을 보내겠습니다.

31. 언제나 행복할 수 있기를

생명이 약동을 시작하는 봄이 되니 기대가 사뭇 커지는 것이 사실이다. 여기저기 예쁜 꽃들이 피어나고 나비 날아다니니 이 얼마나 아름다운 것인가?

한여름 매미소리와 더불어 시원한 물가에 가 물장난을 치니 이 또한 즐거울 수밖에 없다. 물가에 앉아 커다란 둥근 수박을 쪼개 먹으니 속까지 시원하다. 울긋불긋 단풍드는 가을과 하얀 함박눈이 내리는 겨울도 나의 마음을 가득하게 해준다.

〈내 생애 모든 계절에〉

박노해

차라리 겨울이 좋았다
떨리는 몸 안엔 긴장미가 살아있고
가난한 마음엔 간절함이 살아있던

그래도 봄이 좋았다
대지엔 꽃들이 피어나고
가슴엔 연둣빛 꿈이 도는

내 생의 모든 계절이 좋았다
살아 있는 모든 아침이 좋았다
눈보라치는 어두운 길이라도
친구, 내 곁엔 네가 있었기에

오늘 다시 우리 앞에
처음 맞는 바람이 불어오고
앞이 안 보이는 더 험한 날일지라도
친구, 너와 함께 걷고 있다면

우리 함께 지켜야만 할 것이 있고
우리 함께 찾아야만 할 길이 있고
내 곁에 너의 발자국 소리가 들려온다면
우리 걸음마다 이미 꽃은 피어날 테니

　모든 계절은 아름답다. 나에게 주어진 모든 순간 또한 소중하고 아름다울 수밖에 없다. 나의 삶의 모든 순간이 아름답다.
나에게 주어진 모든 순간이 감사할 따름이다.
　너무 많은 것을 바라지 말고, 너무 커다란 욕심을 부리지 말고, 지금 이 순간 행복할 수 있기를 희망하고 싶다. 나의 생애 모든 순간에서 행복하고 싶다. 진정으로 그러한 모든 순간이 행복으로 가득하기를 소망할 뿐이다.

32. 네가 있기에

헤세의 〈나르치스와 골드문트〉에서 나르치스는 이성을, 골드문트는 감성을 상징한다. 수도원에서 배움의 과정에 있었던 나르치는 세상에 대한 호기심 많은 골드문트를 만난다.

"그리고 분명히 말하고 싶은 것은, 너나 내가 어떤 직책을 맡게 되든 간에, 또 우리의 형편이 어떻게 되든 간에, 네가 나를 진지하게 불러주고 필요로 하는 그런 순간에 내가 너에게 침묵하지는 않을 거야. 결단코 그런 일은 없을 거야."

나르치스는 이성적인 쪽으로 골드문트는 감성 쪽으로 치우쳐 있지만 그러한 차이에도 불구하고 서로에게 의지가 되고 힘이 되어줄 수는 있다.

우리의 일상에서도 마찬가지가 아닐까? 비록 서로의 처지가 다르더라도 서로에게 좋은 영향을 끼치며 더욱 발전이 될 수 있는 그런 사람이 옆에 있다면 얼마나 좋을까?

"군계일학처럼 외로운 존재였던 나르치스는 골드문트가 모든 면에서 자기와 상반된 존재인 듯하면서도 닮은 데가 있다는 것을 직감으로 알았다. 나르치스가 어두운 성격에 깡마른 체격이었다면 골드문트는 눈부시게 화사한 존재였다. 또

나르치스가 사변가요 분석가였다면 골드문트는 몽상가로서 어린아이처럼 순진한 영혼의 소유자로 보였다. 그렇지만 두 사람 사이의 그러한 대립적 측면보다는 공통점이 더 컸다. 둘은 훌륭한 인격자였고 두 사람이 보여주는 재능과 개성은 다른 생도들에 비해 두드러졌으며, 또 둘은 숙명적으로 그 어떤 특별한 경고를 받으며 태어난 존재였던 것이다."

서로가 많이 다르더라도 아무런 문제가 없다. 남자건 여자건, 나이가 많건 나이가 적건, 자라온 환경이 다르고, 생각하는 것이 다르고, 성격과 좋아하는 것들이 모두 다르더라도 그것은 문제가 되지 않는다.

"그래, 골드문트. 난 너와 같은 부류가 아냐. 네가 생각하는 그런 부류가 아냐. 물론 나도 말로는 하지 않은 서약을 간직하고 있지. 그건 맞아. 그렇지만 단연코 너와 같은 부류는 아냐. 오늘 너한테 해줄 말이 있는데, 언젠가는 이 말이 생각날 거야. 모름지기 우리의 우정에는 네가 얼마나 완벽하게 나와는 다른 존재인가를 너한테 보여주는 것 말고는 다른 어떤 목표도 의미도 없어. 너한테 해주고 싶은 말은 바로 이거야."

다른 부류라 할지라도 서로에게 의미 있는 존재가 되는 데에는 아무런 문제가 없다. 진심으로 그를 위하고, 그가 잘 되기를 바라며, 그의 꿈이 이루어지기를 바라는 그러한 네가 내 옆에 있다는 것만으로도 어쩌면 축복인지 모른다.

"나르치스가 다시 말을 이었다. '진심으로 하는 말이야. 우리는 가까워질 수 없어. 마치 해와 달, 바다와 육지가 가까워질 수 없듯이 말이야. 이봐, 우리 두 사람은 해와 달, 바다와 육지처럼 떨어져 있는 거야. 우리의 목표는 상대방의 세계로 넘어 들어가는 것이 아니라 서로를 인식하는 거야. 상대방을 있는 그대로 지켜보고 존중해야 한단 말이야. 그렇게 해서 서로가 대립하면서도 보완하는 관계가 성립되는 것이지'"

서로 다르기 때문에 같아질 수 없는 것은 결코 문제가 되지 않는다. 중요한 것은 서로가 서로를 있는 그대로 받아들이는 것이다. 나와 다르니 그의 존재로 인해 내가 더욱 발전할 수 있고, 그와 다른 나로 인해 그는 더 넓은 세계를 볼 수 있기 때문이다.

"제가 원하는 것은 생생한 삶을 맛보고 마음대로 떠돌아다니는 것입니다. 여름과 겨울을 느끼고, 세상을 구경하고, 세상의 아름다움과 혐오스러움을 맛보는 것입니다. 배고픔과 목마름의 고통을 겪고 싶고, 이곳 선생님 밑에서 생활하고 배운 모든 것을 다시 잊고 벗어나고 싶습니다. 언젠가는 선생님의 마리아 상처럼 아름답고 가슴 깊이 감동을 주는 작품을 만들고 싶습니다. 그렇지만 선생님처럼 되어 그렇게 살고 싶지는 않습니다."

그가 가고자 하는 길을 가도록 해야 한다. 그가 꿈꾸는 것을 이룰 수 있도록 도와주어야 한다. 나와 다른 길을 가더라도 힘을 내라고 응원을 해주어야 한다.

나처럼 살라고 하지 말아야 한다. 나와 비슷하게 살아가라고 하지 말아야 한다. 나와 다르다고 탓하지 말아야 한다. 나와 다르기에 그가 나의 옆에 있을 것만으로도 충분하다고 생

144

각해야 한다.

"나르치스의 생각에는 이러한 의문들이 맴돌았다. 오래전에 그가 충격과 경고를 주면서 골드문트의 청춘에 개입하여 그의 인생을 새로운 영역으로 옮겨놓았듯이 이제 골드문트가 돌아온 후부터는 오히려 골드문트가 그에게 생각거리를 주고 충격을 주었으며, 자신이 믿던 것을 회의하게 하고 자기 자신을 되돌아보지 않을 수 없게 만들었다. 골드문트는 그와 대등한 존재인 것이다. 나르치스가 그에게 무엇을 주었든 간에 나르치스는 그 모든 것을 다시 골드문트에게서 되돌려받은 것 같았다."

서로가 다르더라도 좋은 영향을 충분히 줄 수 있다. 내가 보는 세계를 그에게 보여줄 수 있고, 그가 볼 수 없는 것을 나의 눈으로 보게 해줄 수 있다. 나 또한 내가 볼 수 없는 것을 그로 인해 볼 수 있고, 내가 모르는 세상을 그로 인해 알게 될 수 있다.

"오늘은 내가 자네를 얼마나 좋아하며, 자네가 늘 나한테 얼마나 소중한 존재였는지, 자네가 내 인생을 얼마나 풍요롭게 했는지 털어놓아야겠네. 이런 이야기가 자네한테는 대수롭지 않을지도 모르지. 자네는 사람을 사랑하는 데 익숙해 있고, 자네한테는 사랑이라는 것이 진귀한 게 아닐 테니까. 자네는 그토록 많은 여성들한테 귀찮을 정도로 사랑을 받지 않았나. 하지만 나는 다르다네. 내가 살아온 인생에는 사랑이 빈곤하고, 나의 인생에서 무엇보다 결여되어 있는 것이 사랑일세."

다른 그가 있기에 나의 삶이 풍요해질 수 있다. 나와 다른 그의 존재로 나는 더 나은 자리로 올라갈 수 있다. 그가 나와 다르다는 것이 어쩌면 행운이고 축복일 수 있다. 그가 힘들면 내가 업어줄 수 있고, 내가 힘들면 그가 나를 업고 갈 수 있다.

"세상에 등을 돌리고 손을 씻은 채 정결한 삶을 살면서 조화가 넘치는 아름다운 사상의 정원을 꾸며놓고 잘 가꾸어진 화단 사이로 죄를 모르고 거니는 것보다는 어쩌면 세상의 끔찍스런 흐름과 혼돈에 자신을 내맡긴 채 그러다가 죄를 짓기도 하고 죄의 쓰라린 결과를 감수하기도 하며 살아가는 것이 결국에는 더 당당하고 위대한 것인지도 모른다."

그는 나에게 영향을 주고, 나 또한 그에게 영향을 주는 그와 나는 서로에게 있어 영혼의 파트너이다. 서로가 독립적인 존재로서 의지가 되고 힘이 되기에 다가올 시간이 기대가 될 수밖에 없다. 나와 다르다고 배척하고, 나의 생각과 같지 않다고 밀어내는 이상 미래의 시간은 암담할 뿐이다.

네가 있기에 내가 있고 내가 있기에 네가 있다.

33. 떠나게 하자

떠나는 사람을 붙잡을 수는 없다. 아무리 붙잡는다고 해도 떠날 사람은 떠나기 마련이다. 떠나려 하는 자 그냥 떠나게 하는 것이 낫다. 그나마 그것이 지나온 시간마저 의미 없게 만들지는 않기 때문이다.

떠나는 사람에 대해 아무런 말도 하지 않는 것이 오히려 현명하다. 과거에 대해서도, 현재에 대해서도, 그리고 떠난 사람이 존재하지 않는 미래에 대해서도 침묵하는 것이 떠나는 사람을 위해, 남아있는 사람을 위해 가장 나은 선택일 수 있다.

〈사랑법〉

강은교

떠나고 싶은 자
떠나게 하고
잠들고 싶은 자
잠들게 하고

그리고도 남는 시간은
침묵할 것.

또는 꽃에 대하여
또는 하늘에 대하여
또는 무덤에 대하여
서둘지 말 것
침묵할 것.

그대 살 속의
오래전에 굳은 날개와
흐르지 않는 강물과
누워 있는 누워 있는 구름,
결코 잠 깨지 않는 별을

쉽게 꿈꾸지 말고
쉽게 흐르지 말고
쉽게 꽃피지 말고
그러므로

실눈으로 볼 것
떠나고 싶은 자
홀로 떠나는 모습을
잠들고 싶은 자

홀로 잠드는 모습을
가장 큰 하늘은 언제나
그대 등 뒤에 있다.

　만나서 헤어지지 않는 것은 이 세상에 아무것도 없다. 헤어짐이 가슴 아플지는 모르나 그것은 나의 영역이 아니다. 아무리 애를 쓴다고 해도 헤어짐이 없는 삶은 존재하지 않는다.
　추억에 남는 순간, 아름다운 순간이 있었다는 것으로 충분하다. 그렇게 헤어졌기에 더 아픈 시간이나 힘든 시간을 겪지 않을 수도 있다. 아름답지 못한 순간, 기억하고 싶지 않은 순간이 더 이상 쌓이지 않은 것만으로도 다행일지 모른다.
　삶의 진실은 떠나는 자의 뒷모습에 존재하는 것일 수 있다. 그동안 앞모습만 보았기에, 제대로 된 모습을 볼 수가 없었다. 떠나는 그 모습에서 자신의 참모습과 떠나는 자의 참모습이 보일 수도 있다.
　그 뒷모습을 그냥 마음에 묻어 두고 남아있는 시간을 다시 아름답게 살아가면 될 뿐이다.

34. 버림받았지만

　살아가다 보면 우리는 누군가로부터 버림을 받을 수 있다. 나이가 들어 자식한테 버림을 받을 수 있고, 사랑하는 사람한테 버림을 받을 수도 있고, 평생 믿고 의지할 수 있는 사람한테도 버림을 받을 수 있다. 한강의 〈여수의 사랑〉은 버림받아 깊은 상처를 안고 살아가는 삶의 아픔을 이야기하고 있다.

　"두 살쯤 되었을 때 나는 강보에 싸인 채로 열차 안에서 발견됐대요. 보호자 없이 울고 있는 것을 서울역에서 발견한 역원들이 파출소까지 데려다주었대요. 자흔은 담담한 어조로 말을 이어갔어요. 내 고향, 여수가 아닐지도 몰라요. 다만 그 기차가 여수발 서울행 통일호였다고 하니까 어릴 때부터 그곳이 내 고향일지도 모른다는 생각을 했던 거예요. 지나가는 애기라도 여수, 라는 말을 들으면 가슴이 쩡 하고 울리곤 했어요."

　인생에서 버림을 받은 것만큼 아픈 상처가 있을까? 나를 버리는 사람은 나와 가까이 있었던 사람, 믿고 의지했던 사람, 깊은 인연으로 맺어진 사람이지 결코 나와 관계가 먼 사람은 아니다. 가까운 사람이었기에 그 버림이 회복 불가능할 정도로 아플 수밖에 없다.

"바로 거기가 내 고향이었던 거예요. 그때까지 나한테는 모든 것이 낯선 곳이었는데, 그 순간 갑자기 가깝고 먼 모든 산과 바다가 내 고향하고 살을 맞대고 있는 거예요. 난 너무 기뻐서 바닷물에 몸을 던지고 싶을 지경이었어요. 죽는 게 무섭지 않다는 걸 그때 난 처음 알았어요. 별게 아니었어요. 저 정다운 하늘, 바람, 땅, 물과 섞이면 그만이었어요."

그 사람이 나를 왜 버린 것일까? 이유야 어쨌든 버림받은 것은 사실이고 돌이킬 수는 없다. 나에게 닥친 그 불행의 시간을 다시 되돌릴 수도 없다. 하지만 살아가다 보면 그 버림받은 것도 별것 아닐 수 있다. 죽음과 삶이 경계가 없다는 것을 아는 이상, 그 버림받음이 생명보다 크지는 않다는 것을 깨닫게 되기 때문이다. 나를 버린 사람이 내가 가장 사랑했던 사람이거나 하늘이 맺어준 인연일지라도 나의 생명보다 중요하지는 않다.

"스물다섯 살의 나이로 세상을 등진 어린 어머니의 아련한 품속처럼, 수천수만의 물고기 비늘들이 떠올라 빛나는 것 같던 봄날의 여수 앞바다처럼 자혼의 가슴은 다사롭고 포근하였다. 그리고 새벽녘이 되어 내가 깊이 잠든 사이에 자혼은 떠났다. 밑창이 떨어진 단벌 구두를 꿰어 신고, 두 개의 볼썽사나운 여행 가방과 옷 보퉁이를 싸 들고 갔다. 내가 눈을 떴을 때는 사위가 훤하게 밝아 있었다. 아무렇게나 못에 걸리고 비닥에 널려 있던 자혼의 소지품들이 사라진 방은 낯설고 적막했다. 온 방과 세면장이 안개 같은 정적으로 부옇게 젖어 있었다."

나를 버린 것을 원망할 필요도 없다. 삶에는 내가 모르는 그 어떤 것이 가끔은 상상하는 것보다 더 큰 힘을 발휘하기 때문이다. 그것을 내가 어쩌지 못한다는 것이 인생이라는 사실이 슬프기는 하지만 차라리 그것을 받아들이는 것이 낫다.

버림받은 그 상처를 치유받지 못한다고 할지라도 상관이 없다. 그 상처를 나 스스로 그 상처를 치유하면 될 뿐이다. 버림받은 것은 중요한 것이 아니다. 그것을 이겨내고 나 자신이 살아있음을 느끼며 나만의 삶을 살아가는 것이 중요하다. 아파한다고 해서, 힘들다고 해서, 나를 버린 이를 미워하거나 용서하지 못한다고 해서, 버림받은 나의 삶이 바뀌지는 않는다.

따스한 햇살이 없으면 나 스스로 내 마음속에 햇살을 비추고, 마음속에 부는 찬 바람을 따스한 바람으로 바꾸면 될 뿐이다. 나의 아픔을 스스로 치유하는 것이 진정 나 자신을 사랑하는 것이 아닐까 싶다. 나의 삶보다 더 중요한 것은 이 세상에 하나도 없다.

35. 삶은 완벽하지 않다

　　나를 둘러싼 삶의 모든 것들이 나를 힘들게 한다면 우리는 어떻게 살아가야 하는 것일까? 밝은 것은 하나 없고 온통 어둠뿐이라면 그 어둠 속을 어떻게 헤쳐 나가야 하는 것일까? 주위에 있는 사람들이 나를 외면하고, 경제적 여건이나, 주위의 모든 환경이 비관적이라면 나라는 존재는 결코 삶에 대해 긍정적일 수가 없을 것이다. 한강의 〈어둠의 사육제〉는 그나마 스스로 가졌던 조그만 희망도 잃어버린 채 삶의 끝에 선 한 외로운 사람에 대한 이야기이다.

　　"진눈깨비가 어지럽게 흩날리는 오후였다. 얼굴이 허옇게 뜬 인숙 언니를 부축하여 택시 뒷좌석에 태우며 나는 울었다. 인숙 언니의 턱에는 실신하면서 계단 턱에 부딪힌 상처가 삼 센티미터가량 으깨어져 있었다. 택시가 출발하자 인숙 언니는 옆에 앉은 내 어깨에 얼굴을 묻은 뒤 그나마 지탱하고 있던 의식을 잃었다. 택시 앞 유리 창에서는 두 개의 와이퍼가 뿌옇게 흐려지는 서울 거리를 닦아내고 있었고, 라디오에서는 퀴즈 프로를 진행하는 남녀가 기성에 가까운 웃음을 터뜨렸다."

삶은 수많은 모순으로 가득차 있다. 누군가는 생사의 기로에
서 죽음을 목전에 두고 있는 반면, 누군가는 삶을 유희처럼
즐기고 있다. 노력해도 되지 않는 것들이 많다는 것을 알아가
면서 삶에 대한 희망을 조금씩 놓게 된다. 그렇게 소중한 것
을 하나씩 잃어버리면 살아가는 것이 인생인 걸까?

"주인 아낙은 인숙 언니와 내가 따로 작성해 가지고 있었
던 계약서 두 장을 꺼내 보였다. 인숙 언니는 전세금을 모두
빼낸 뒤 이삿짐 트럭까지 불러 이날 오전에 떠나버렸다는 것
이었다. 내 사진첩 깊숙이 뒤집어서 꽂아두었던 계약서를 언
제, 어떻게 인숙 언니가 찾아냈는지 알 수 없는 일이었다. 믿
을 수 없었다. 그날 밤 어질러진 장판 바닥에 넋을 잃고 앉아
나는 모든 것을 믿지 못하고 있었다. 인숙 언니가 빼간 전세
금은 지난 사 년간 내가 키워온 희망이었다. 내 대학이었고,
장래였고, 젊음의 담보였다. 그것은 내 인생 전부였다."

어둠 속에서 스스로 빛을 만들어 보고자 노력했지만, 그 빛
마저 나를 외면하고 그동안의 모든 최선이 수포로 돌아가는
것을 경험한다면, 삶에 대한 애착을 하나도 느끼지 못할 것이
다. 믿었던 사람한테, 그나마 의지하던 사람에게 배신마저 당
한다면 삶에 대한 회의마저 들게 될지 모른다.

"서울에 올라와서 보낸 사 년 동안 나는 내 힘으로 산 것
이 아니라 희망의 힘으로 살아왔었다. 나는 무엇이든 견디어

낼 수 있었다. 비록 지금은 미운 오리 새끼처럼 세상의 구석에 틀어박혀 원치 않는 일에 시달리고 있지만, 언젠가 진짜 삶이 시작되고 말 것이라고 주문처럼 믿어오고 있었다. 그리하여 그 진짜 삶이 과연 한 발 한 발 나를 향해 다가오는 것처럼 보였던 바로 그때 인숙 언니는 떠났다. 나는 그녀로 인해 내가 잃은 돈과 신뢰만이 아니라는 것을 어렴풋이 느끼고 있었다. 나는 삶과 화해하는 법을 잊은 것이었다. 삶이 나에게 등을 돌리자마자 나 역시 미련 없이 뒤돌아서서 걷기 시작했다. 잘 벼린 오기 하나만을 단도처럼 가슴에 보듬은 채, 되려 제 칼날에 속살을 베이며 피 흘리고 있었다.”

아무리 화해하려고 해도 상대가 외면한다면 화해를 할 수조차 없을 것이다. 삶 또한 마찬가지다. 힘들지만 그래도 남은 세월을 위해 희망으로 버텨왔지만, 그 희망마저 잃어버린다면 삶과의 화해는 불가능할 수밖에 없다.

“이제 그것들은 나에게 위안이 아니었다. 절망보다도 넌덜머리나는 미련이었다. 아무런 가능성도 없이 그저 살아 있는 인간이라면 그 가슴마다 무작정 들러붙어 꿈틀거리는 미련, 흡사 피를 빨아먹는 환형동물 같은 그것을 어떻게 희망이라고 부를 수 있을 것인가. 나는 지난 한 달 내내 저 불빛들을 보지 않기 위해 등을 돌리고 누워버리곤 했던 것이었다.”

조그만 가능성이라도 남아있다면 오늘을 버틸 터인데, 이제는 그런 힘마저 잃어버렸다. 오늘을 살아내기 힘들기에 내일을 기대하지도 않는다. 내일도 오늘과 별반 다르지 않기 때문이다. 화해를 하려는 의도조차 어쩌면 사치일지 모른다. 그러한 노력이 아무 소용이 없다는 것을 너무 잘 알기 때문이다.

"나는 눈살을 찌푸렸다. 이제 또 어디로 가나, 하고 침을 뱉듯이 뇌까리며 내려놓았던 보퉁이를 양손에 집어 들었다. 가방을 어깨에 둘러멨다. 푸른 신호가 켜졌다. 네 박자의 날카로운 신호음이 터져 나오기 시작했다. 복사열이 끓어오르는 아스팔트를 성큼성큼 밟아가는 내 눈앞에 호물거리는 어둠이 무너져 내렸다. 그 어둠 위로 수천수만의 불빛들이 일제히 점화되었다. 그것들은 마른 톱밥을 사른 불티들처럼 지상의 어둠을 에워싸고 너울대다가 이윽고 먹빛 허공 속으로 손짓하며 스러져갔다. 어디선가 목청껏 고함치는 소리, 합창 소리, 폭죽처럼 터지는 휘파람 소리들이 아득하게 메아리치고 있었다."

화해를 하지 못한다면 화해하지 못한 채로 살면 된다. 원래부터 화해를 할 수 없는 운명인지도 모르기에 그 노력도 아무런 의미가 없다. 삶은 하나가 아니다. 화해할 수 없는 삶은 미련 없이 버리고 다른 삶을 살아가면 될 뿐이다. 누군가와 화해하지 못한다고 해서 내가 어떻게 되는 것도 아니다. 그는 그대로, 나는 나대로 살아가면 될 뿐이다. 삶의 어느 부분과 화해가 어렵다면 다른 부분만으로 살아가도 상관없다. 물론 완벽할 수는 없지만, 그것이 커다란 문제가 되지는 않는다. 삶은 그 자체가 원래 완벽하지가 않다.

36. 진눈깨비

눈인지 비인지 알 수가 없다. 눈이라면 소복소복 쌓이는 것을 보며 기뻐할 텐데, 비라면 많은 것을 쓸어내릴 것이기에 속이 시원할 텐데, 이도 저도 아니라 애매모호할 뿐이다.

우리 삶도 확실한 것이 없다. 모든 것이 이중적이다. 항상 좋은 것만 존재하지도, 나쁜 것만 존재하지도 않는다. 행복과 불행, 사랑과 미움, 기쁨과 슬픔, 성공과 실패, 모든 것이 섞여 있을 뿐이다.

〈진눈깨비〉

기형도

때마침 진눈깨비 흩날린다
코트 주머니 속에서는 딱딱한 손이 들어 있다
저 눈발은 내가 모르는 거리를 저벅거리며
여태껏 내가 한번도 본 적이 없는
사내들과 건물들 사이를 헤맬 것이다
눈길 위로 사각의 서류 봉투가 떨어진다, 허리를 나는 굽히다

161

말고
생각한다, 대학을 졸업하면서 참 많은 각오를 했었다
내린다 진눈깨비, 놀랄 것 없다, 변덕이 심한 다리여
이런 귀가길은 어떤 소설에선가 읽은 적이 있다
구두 밑창으로 여러 번 불러낸 추억들이 밟히고
어두운 골목길엔 불켜진 빈 트럭이 정거해 있다
취한 사내들이 쓰러진다, 생각난다 진눈깨비 뿌리던 날
하루종일 버스를 탔던 어린 시절이 있었다
낡고 흰 담벼락 근처에 모여 사람들이 눈을 턴다
진눈깨비 쏟아진다, 갑자기 눈물이 흐른다, 나는 불행하다.
이런 것은 아니었다, 나는 일생 몫의 경험을 다했다, 진눈깨비

진눈깨비가 빨리 끝났기를 바란다. 애매모호한 삶의 일상이
속히 마무리 되었으면 좋겠다. 떠날 사람은 떠나고, 머무를
사람은 머무르기를 바란다. 불확실성 속에서 살아간다는 것은
마음 편히 지낼 수가 없다는 것을 뜻한다.
구름이 어서 지나가고 속히 햇살이 나타났으면 좋겠다. 별
것도 아닌 것들로 인해 일상의 삶이 깨지지 않기를 바랄 뿐
이다. 마음속에서 보내야 할 것은 속히 보내버려야 할 것 같
다.

37. 관계

  우리는 살아가면서 주위에 있는 사람들과 어쨌든 관계를 맺고 살아갈 수밖에 없다. 그 관계로 인해 우리의 삶의 모습이 달라질 수 있다.

  유재용의 〈관계〉는 우연히 알게 된 사람과 일상을 지내면서 서로에게 얽혀 자신의 독립된 삶을 살아가지 못하는 것에 대해 생각하게 해준다.

  "그렇게 겁낼 것 없어요. 만복씨 마음 속으루 나는 이만복이 아니라 장현삼이다, 이렇게만 생각하시오. 약혼식을 하든, 결혼식을 하든 그보다 더 한 것을 하든 이만복이가 아니라 장현삼이가 하구 있는 거라구 생각하시오. 장현삼이가 이만복이 몸 속에 들어와 하구 있는 것이라구 말이오. 자 내 눈을 보시오."

  내가 그를 위해 살아가야 하는 것인지, 그가 나를 위해 살아가야 하는 것인지, 왜 잘 알지를 못하는 것일까? 나 자신만을 주장하거나, 그를 우선시 하게 된다면, 우리의 삶에서 소외된 부분이 분명히 존재할 수밖에 없다.

  "돌아오는 길에 관광여행을 하고 오라며 한 달 동안의 후가를 주었다. 내 아들에게는 유모가 달려 있었고, 내가 여행을 다녀올 동안 장현삼씨를 돌봐줄 사람도 구해 놓았다. 나는 가벼운 마음으로 여행을 떠났다. 한 달 뒤에 돌아와 보니 장현삼씨네 일가족은 이사를 하고 없었다. 그동안 내 월급으로 부어가던 적금통장과 이 집을 내 앞으로 등기이전했다는 편지가 나를 기다리고 있었다. 울컥 외로움이 치밀어 올랐다. 그 외로움 속에서 내 아들에 대한 사무친 그리움이 내 몸을 휘감아 잡았다. 이사한 곳쯤 쉽사리 찾아낼 수 있을 것이었다. 하지만 나는 마루 창가 장현삼씨가 앉아 정원을 내다보곤 하던 안락의자에 몸을 파묻으며 떠나간 사람들을 찾아 나서고 싶은 생각을 눌러 앉혔다. 정원에는 여름이 무르익고 있었다."

독립적인 관계가 아닌 이상 관계를 맺고 있는 그 사람과 자유로운 삶을 살아갈 수가 없다. 나는 그에 종속이 되고, 그는 나에게 종속이 되기에 진정한 자신의 삶을 누릴 수 없기 마련이다.

그는 그의 삶을 살아가도록 하고, 나는 나의 삶을 살아가는 것이 가장 훌륭한 관계가 아닐까? 내가 그에게 관여할 필요도 없고, 그가 나에게 관여하도록 하게 하지 않는 것이 진정한 인간 관계로서 자유를 보장하는 것이 아닐까 싶다.

38. 건널 수 없는 바다

　나비가 바다를 건널 수는 없다. 조그맣고 연약한 날개로 그 먼 망망대해를 날아가지는 못한다. 어느 순간 갑자기 엄청난 비와 함께 폭풍우가 몰려오기도 하고, 더 거센 태풍이 닥쳐올 수도 있다. 뜨거운 태양이 하루종일 내리쬐일 수도 있고, 언제 어디서 어떤 일이 일어날지 알 수도 없다. 김인숙의 〈바다와 나비〉는 삶이라는 바다를 건너는 우리의 인생이 어쩌면 나비와 같은 운명일지도 모른다는 것을 이야기해 주고 있다.

　"나는 아무 대꾸도 하지 않고 흐느껴 울고 있는 남편의 어깨 사이로 손을 집어넣었다. 그곳은 내가 살고 있는 동네였고, 포장마차에는 이웃집 사람들의 모습도 보였다. 그러나 그 순간에 나를 견딜 수 없게 했던 건 술 취해 울고 있는 내 남편을 바라보는 이웃들의 시선이 아니었다. 나로서는 그가 울고 있는 이유를 알 수가 없다는 것, 어쩌면 평생 동안 그 이유를 알지 못하게 될지도 모른다는 생각이 나를 참혹하게 만들었다. 더욱 괴로운 것은 어쩌면 그 자신조차도 본인이 울고 있는 이유를 알지 못 하리라는 예감이었다. 포장마차의 테이

블에 얼굴을 묻고 흐느끼고 있는 중년의 남자는 불쌍했다."

누군가의 삶을 온전히 이해하는 것은 불가능하다. 아무리 가까운 사람이라 할지라도 그에 대해 모든 것을 알 수는 없다. 누군가에게 말할 수 없는 아픔의 상처나, 감출 수밖에 없는 삶의 그늘이 있기 마련이다. 가까운 사이일수록 더욱 말하지 못하는 것도 있기 마련이다. 나에게 가까운 사람을 완전히 알고 있다고 생각하는 것은 착각일 뿐이다. 그는 나름대로 최선을 다하지만 건너지 못하는 바다가 존재하기 마련이다.

"제주왕나비가 바다를 건너가는 순간이 카메라에 포착된 것은 사상 처음 있는 일입니다. 보십시오, 저 작은 나비가 쉬지도 않고 수백 킬로미터의 바다 횡단을 하고 있습니다. 그 순간, 나는 다시 리모컨의 음소거 버튼을 눌렀고, 그리고 생각했다. 나비가 바다를 건너다니…. 세상에는 저런 거짓말도 있구나. 그러자, 내가 같이 살로 있는, 그리고 내 아이의 아빠라는 남자가, 내게 기생하는 것 이외에는 아무것도 하지 않는 사람이라는 사실이 별것 아닌 것처럼도 여겨졌다. 세상에 존재하는 위대한 거짓말들 중에, 내가 꿈꾸었던 행복이라는 이름의 거짓쯤은 별것도 아닌 것이다. 그러나 그렇게 생각해도 가능하지 않은 것이 있었는데, 그것은 누군가를 그리고 바로 나 자신을 용서하는 일이었다."

차라리 거짓말이라도 그 넓은 바다를 건널 수 있다면 얼마나 좋을까? 아니 상상으로라도 망망대해를 건너기를 희망해볼 수 있다면 얼마나 좋을까? 아무리 날갯짓을 해도 건널 수 없다는 것을 알기에 차라리 속고 살아가는 것이 나을지도 모른다. 그나마 위로를 받을 수 있기에, 꿈속에서라도 이룰 수 있기에, 그 꿈에서 깨어나지 못한다면 얼마나 좋을까? 바다를 건널 수 있다는 그 꿈이라도 계속되기를 바랄 뿐이다.

"이건 위험해. 이걸로 문신을 했다간, 자넨 평생 바다 위에 있어야 할 거야. 자네 같은 사람이 이걸로 문신을 했었지. 얼마 후에 바다에 나가봤더니 어떤 사람의 팔과 다리가 완전히 소금에 절여져서 바다에 떠 있더군. 몸통이 없는데도, 팔과 다리는 계속 날갯짓을 해대고 있었어. 내가 새겨준 문신도 사라져버렸더군. 그냥 자리만 풀 파여 있는데, 날개가 찢겨진 자리가 선명해. 너무 오래 난 거지. 나비한테 바다는 너무 넓단 말이야. 그 사람도 자네처럼 한국 사람이었는데…. 참 안됐지. 내가 그렇게 말렸는데도 나비 문신을 했단 말야. 그리고 바다로 갔는데, 팔과 다리밖엔 안 남아 있었어. 그 한국 사람의 몸통은 어디로 가버린 걸까?"

그 넓은 바다를 건너기 위한 날갯짓으로 인해 많은 것을 잃을 수 있다. 팔도 잃고 다리도 잃고 주어진 시간도 잃고 마음도 잃고 심지어 영혼도 잃어버릴 수 있다. 이제 다 이상 날갯짓을 할 힘도 남아 있지 않다. 바다를 건넌다는 것은 애초부터 불가능했다. 그저 해안에서 나는 것으로 만족해야 했는지도 모른다.

이제는 더 이상 바다를 건너려 하지 말자. 그깟 바다 건너지 않아도 커다란 문제가 되지 않는다. 날개가 찢어지기 전에, 이제는 다시 해안으로 돌아가자. 그곳에서 나머지 주어진 시간이나마 스스로를 위로하며 날갯짓을 멈추는 것이 나을지도 모른다. 건널 수 없는 바다를 건너려 했던 것이 문제였다.

39. 삶은 완성하기 위해 존재하는 것이 아니다

짊어진 짐이 많다면 그것을 더 이상 지고 싶지 않은 욕망이 당연할 수밖에 없다. 인간이라는 존재는 힘든 것보다는 편한 것을 선호하는 것이 본능이기 때문이다. 하지만 쉽게 그렇게 하지 못하는 이유는 무엇 때문인 걸까?

인생은 무거운 짐을 진 채 끝까지 가야만 하는 것은 아니다. 삶은 완성할 수 없는 끝이 없는 길이기에 그렇다. 한강의 〈야간 열차〉는 삶을 완성하고 싶지만 그러지 못하는 인생의 무게에 관한 이야기이다.

"떠나리라는 것 때문에 동걸은 견딜 수 있었던 것이다. 이 세계에 속하지 않았으므로 그는 강할 수 있었다. 단 한 번의 탈출로 자신의 인생을 완성시켜줄 야간열차가 있으므로 그는 어떤 완성된 인생도 선망할 필요가 없었다. 살아가며 곳곳에서 만나게 되는 요욕들에게도 그는 무신경할 수 있었다."

동걸은 왜 야간열차를 타지 않은 것일까? 자신이 짊어진 짐을 벗어버리고 언제라도 떠날 수 있었을 텐데, 왜 그는 그러지 못한 것일까? 그는 자신에게 주어진 인생에서 도피할 수가 없었다. 평생을 누워서 살아야 하는 쌍둥이 동생의 인생까지 대신 살아내려 했다. 그가 야간열차를 타지 않은 것은 지극히 무거운 현실에서 도피하고 싶지 않아서였다. 그에게는 떠남이라는 단어가 존재하지 않았다.

"나는 지난밤 동걸이 어둠 속에서 지어 보였던 뜻 모를 미소를 기억해냈다. 내 머리는 한 대 얻어맞은 듯 멍멍해졌다. 그렇다면 그 웃음은 무엇인가. 그때 녀석은 자신의 모든 것을 걸고 있던 실낱같은 탈출의 희망을 체념하고 있었던 것일까. 체념해버린 채 웃고 있었던 것일까."

삶을 완성하고 싶은 것은 누구나 가지고 있는 이상과 같을 것이다. 자신의 힘으로 그것을 이루어 낼 수 있을 것만 같은 착각이 들기도 한다. 하지만 시간이 갈수록, 현실을 인식할수록, 완성할 수 없는 것이 인생이라는 것을 깨닫게 되곤 한다.

"역무원의 욕설을 뒤로한 채 나는 달렸다. 열차는 승강장에 아직 서 있었다. 내가 올라타려 하자 열차는 움직이기 시작했다. 나는 발을 헛디뎠다. 젖은 승강장에 엎어졌다. 몸을 일으켰다. 열차는 점차 속력을 내고 있었다. 빗발이 얼굴에 몰아쳤다. 남은 왼발을 난간에 올려 놓았다. 기차 바퀴 소리가 고막을 찢었다."

무거운 짐을 잠시 내려놓고 열차를 타고 떠나는 것이 비겁한 것은 아니다. 완벽한 삶은 존재하지 않는다. 아쉬움이 있고 미련이 남겠지만, 할 수 있는 것에 최선을 다한 것만으로 충분하다.

인생을 완성하려 너무 애쓸 필요는 없다. 지나고 보면 삶은 그다지 큰 차이가 없다. 얻은 것이 있으면 잃은 것이 있을 뿐이다. 삶은 완성하기 위해 존재하는 것이 아니다.

40. 되돌릴 수 없는 과거

소중한 사람을 잃어본 적이 있는가? 가장 사랑했던 사람과 더 이상 만나지 못하는 것보다 더 큰 아픔은 없지 않을까 싶다. 한강의 〈진달래 능선〉은 헤어진 가족에 대한 그리움과 그 아픈 과거에 관한 이야기이다.

"정환은 그동안 자신의 앙상한 희망을 혹사했다. 곰이나 원숭이 같은 짐승들을 먹이지 않고 채찍으로 다스리는 곡예사처럼 정환은 자신의 희망을 함부로 다루고 소모했다. 한데 이상한 것은 그것이 죽지 않는다는 것이었다. 정환의 지친 육체를 괴롭히는 것은 절망이 아니었다. 오히려 그것은 무작정의 희망이었다. 의지나 가능성과는 무관한 성질의 감정이었다."

다시 만날 줄 알았던 가족을 더 이상 만나지 못한다는 것은 이겨내기 힘든 절망임에 분명하다. 다시 만날 수 있을 것이란 희망은 어떤 경우에도 꺼질 줄을 모른다. 이 세상이 끝나기 전 분명히 나의 분신 같은 그들을 만날 수는 있을 것이란 희망으로 그 험한 세월을 버티어 내고 있는지도 모른다.

"바람기 많은 사내가 아무 여인에게나 넋을 잃듯이 정환은 시시각각 그 원시적이고도 지긋지긋한 희망에 사로잡혔다

173

바람만 불어도 다시 희망이요, 날이 풀려도 다시 희망이었다. 거리에서 큰 소리로 웃으며 걸어가는 가족들을 볼 때도 희망이었고 정임이 또래의 처녀들이 떼 지어 몰려가는 것을 보아도 희망이었다. 새들이 전신주 사이로 날아올라도 희망이요, 아이들이 공터에서 뛰어놀아도 희망이었다. 찾고 싶다, 난 그들을 찾고 싶다. 정환은 도처에서 자신의 희망을 유혹하는 끈질긴 목소리를 들었다."

모든 순간이 나와 함께 했었던 그 순간으로 수렴하는 것일까? 세월이 아무리 지나고, 많은 다른 일들을 경험해도, 이제는 포기할 때가 된 것 같아도, 가족을 다시 만날 수 있을 것이란 희망을 버릴 수는 없을 것이다.

"강풍이 불어와 정환의 등허리를 쓸어내렸다. 불꽃이 소리를 내며 치솟았다. 불꽃이 소리를 내며 치솟았다. 순간 정환은 황씨의 등에 업혀 있곤 했다는 여자아이의 환영을 보았다. 등허리에 뿌리를 박고 핀 꽃나무 묘목 같은 여자아이였다. 황씨의 얼굴은 이 세상 사람 같지 않았다. 아주 오래전에 영혼은 이 세상을 떠나고 육신만이 이곳에 어중간하게 걸쳐져 있는 것 같았다."

과거의 어떠한 사건이었건, 어떠한 실수이었건, 자신이 저지른 잘못이었건, 그로 인해 사랑하는 사람을 다시 만나지 못한다는 사실을 가슴에 커다란 못이 되어 박혀 버리고 말았다. 그 과거를 되돌릴 수가 없기에 한스럽고 가슴 아플 뿐이다.

"정임의 사진을 가슴에 꽂고 도처를 헤매일 때에 정환은 종종 그 새벽 버스에 올라서던 순간으로 돌아가 있는 자신을 보았다. 그때 어린 마음을 사로잡았던 어렴풋한 후회, 그러나 되돌릴 수 없다는 각오를 그는 기억했다. 정환은 이따금, 그 때 그 저무는 능선 자락에 자신이 버리고 내려온 것이 무엇 이었을까를 곰곰이 생각해 볼 때가 있었다."

마음 깊은 곳에 사랑했던 가족을 새기고 그 모든 시간들을 지나왔을 뿐이다. 그 시간들이 너무나 허무하고 의미가 없기 에 잊혀진 시간일 수밖에 없다. 사랑을 쏟고 싶어도 그러지 못하는 그 시간들을 어떻게 되돌릴 수 있는 것일까? 다시 기 회가 주어지지 않음을 너무나 잘 알기에, 되돌릴 수 없는 시 간이라는 것을 뼈저리게 느끼기에 오늘을 살아가는 것이 그 렇게 힘들 수밖에 없다.

41. 소중한 것이었음에

현재를 살아가고 있는 우리는 지금 있는 것에 대한 소중함을 잊고 살아가곤 한다. 너무나 당연하게 주어진 것이라고 생각하며, 그것이 없어질 것이라는 예상을 전혀 하지 못한다. 하지만 너무나 평범하고 당연했던 것을 잃어버리고 나면 그때서야 그것의 소중함을 깨닫곤 한다.

김인숙의 〈모텔 알프스〉는 자신을 사랑해주는 사람의 존재가 너무나 당연하다 생각했던 한 여인이 그것을 잃고 나서 겪게 되는 이야기다. 갑작스런 사고로 전신마비가 되어 평생을 누워 천장만 바라보고 살아야 하는 남편을 바라보는 그녀는 남아있는 시간을 어떻게 살아가야 하는 것일까?

"아이도 만들지 못하는 쓸모없는 몸인데도, 당신은 늘 나를 탐하고, 나는 그런 당신이 얼마나 좋았던지. 그러나 사랑이란 게 다 뭐야. 그렇게 사랑했던 당신을, 당신의 몸을 나는 이제 살찐 버러지처럼 바라보네. 사랑? 그딴 거 개나 물어가라고 그래. 나는 살아 있는 몸이었던 당신을 이젠 잊었으니 사랑도 잊은 거야. 그러니 내가 당신을 아주 떠나지 못하고 있는 걸 사랑 때문이라고는 생각하지 마. 당신, 그러면 안 돼.

내가 당신을 떠나지 못하는 건 미움 때문이야. 환멸과 분노 때문이야. 나는 당신이 내게 보여준 생의 놀라운 변화들이 무서워. 나는 내 앞에 또 어떤 함정이 도사리고 있을까 무서워. 자꾸 온 길로만 되돌아가게 돼. 그러나 왔던 길조차 절벽이네. 그 절벽을 넘으며, 보일까..."

사랑은 별것 아니었을까? 이제는 더 이상 사랑하고 싶어도 할 수 없는 운명을 받아들여야만 하는데, 아무런 희망도 없이 남아있는 그 많은 세월을 버텨야 하는데 그것이 가능할까? 그녀는 전에는 몰랐다. 남편의 그 평범한 손길이 얼마나 소중했던 것인지를.

"그러나 남편에게서는 여전히 아무런 기척도 없었고, 윤의 눈꺼풀이 졸음인지 슬픔인지 알 수 없는 것으로 저 홀로 무거워졌다. 자야겠다는 생각이 들었다. 자기 몫의 이부자리를 침대 아래에 펴기 위해 몸을 일으키다 말고, 윤은 갑자기 남편의 다리를 침대 한쪽으로 밀었다. 그리고는 이번엔 엉덩이를, 가슴을 그리고 팔을, 마지막으로 남편의 얼굴을 베개 한쪽으로 밀 때까지도 남편은 눈을 뜨지 않았다. 윤은 남편의 얼굴을 좁은 침대에 몸을 눕히고, 남편의 저항 없는 팔을 들어 팔베개를 했다. 갑자기 뺨이 뜨끈한 느낌이 들어 손바닥으로 뺨을 문대보니 물기가 만져졌다. 눈물인지 땀인지 알 수 없는 물기가 남편에게서부터 흘러나와 그녀의 뺨까지 적시고 있었다."

살아있으나 살아있음을 느끼지 못하는 남편, 그녀는 어떠한 선택을 해야 하는 것일까? 남편을 버리고 자신의 생을 다시

찾아가야 하는 것일까? 아니면 남편의 삶까지 모두 살아내야
만 하는 것일까? 더 이상 남편이란 존재는 의미가 없음을 알
기에 시간이 갈수록 그녀에게 다가오는 운명의 검은 그림자
를 피할 수가 없을지도 모른다.

"그 늙은 고양이가 새끼들을 찾고 있었다. 윤은 가만히,
방문을 가로막고 있던 자신의 몸을 비켰다. 보렴, 여기에 너
의 새끼가 있다. 살아 있는 몸을 잃어버린 딱한 아들 그리고
살아 있는 몸뿐인 딸이 여기에 있다. 그리고 여기에 네 생의
끝까지 갈 기억들이 있다. 담장 위의 늙은 고양이는 꼼짝도
하지 않았다."

생의 끝까지 가서야 깨닫게 되는 우리의 평범한 일상의 소
중함을 왜 그때는 몰랐던 것일까? 그저 평범하게 살아있는
것만이라도 엄청난 축복이라는 사실을 왜 깨닫지 못했던 것
일까? 모든 것을 잃고 나서야 일상의 소중함을 알게 되는 우
리는 정말 바보인지도 모른다.

42. 그리울 수밖에

스쳐가는 인연도 소중할 뿐이다. 하물며 더 깊게 맺어진 인연은 말해 무엇하겠는가. 바람만 불어도 그 사람 생각이 나고 하늘에 흘러가는 구름만 바라봐도 그 사람 생각이 난다.

그리워하지 않으려 애써도 소용이 없고, 나의 마음을 마음대로 할 수가 없다. 그와 함께 했던 모든 순간이 떠오르고, 좋은 시간뿐 아니라 좋지 않았던 시간마저 생각이 나곤 한다.

<그리움 1>

유치환

오늘은 바람이 불고
나의 마음은 울고 있다
일찍이 너와 거닐고 바라보던 그 하늘 아래 거리언마는
아무리 찾으려도 없는 얼굴이여
바람 센 오늘은 더욱 너 그리워

긴 종일 헛되이 나의 마음은
공중의 깃발처럼 울고만 있나니
오오 너는 어디메 꽃같이 숨었느뇨.

오늘따라 그 사람이 더 생각나는 것은 무슨 까닭일까? 이제 잊혀질 만한데도 그렇지 않은 이유는 무엇일까? 어느 정도 나의 속마음에 그 사람이 자리잡고 있기에 이렇게 힘든 것일까?

차라리 만나지 않았으면 더 좋았을는지 모른다. 이리 힘든 것인 줄 알았다면 차라리 시작도 하지 않았음이 더 나았을지 모른다.

언제쯤에야 그 사람을 잊을까? 영영 이렇게 잊지 못한 채 평생을 살아가야 하는 것일까? 그 사람을 생각할 때마다 눈물이 나는 것은 무엇 때문인 걸까?

헛되이 하루를 보내는 것은 이제 일상이 되었다. 나에게 주어진 이 쓰라린 운명이 야속하기만 할 따름이다. 차라리 다시 내 앞에 나타날 수는 없는 것인지. 그것이 불가능하다는 것을 너무나 잘 알기에 불어오는 바람에 그리움을 실어 보낸다.

43. 별과 같은 사람

어두운 밤하늘에 별이 빛나듯, 우리들 마음속에도 빛나는 별이 있다. 별은 항상 그 자리에 있었다. 변하지 않는 상태로, 항상 볼 수 있는 곳에, 그렇게 그 자리를 지키고 있었다.

어떤 상황이 일어나더라도 변하지 않는다는 것은 쉽지 않은 일이다. 좋아하는 마음이 변해 싫어하는 마음이 되기 쉽고, 아껴주는 마음이 변해 미워하는 마음이 되기 쉽다. 아니 어쩌면 그렇게 변하는 것이 더 당연한 것인지도 모른다.

〈사랑하는 별 하나〉

이성선

나도 별과 같은 사람이
될 수 있을까
외로워 쳐다보면
눈 마주쳐 마음 비춰 주는
그런 사람이 될 수 있을까

나도 꽃이 될 수 있을까
세상일이 괴로워 쓸쓸히 밖으로 나서는 날에
가슴에 화안히 안기어
눈물짓든 웃어주는
하얀 들꽃이 될 수 있을까

가슴에 사랑하는 별 하나를 갖고 싶다
외로울 때 부르면 다가오는
별 하나를 갖고 싶다

마음 어두운 밤 깊을수록
우러러 쳐다보면
반짝이는 그 맑은 눈빛으로 나를 씻어
길을 비추어주는
그런 사람 하나 갖고 싶다.

　　마음속 깊은 곳에 별 하나가 변하지 않고 있다면 얼마나
좋을까? 항상 그 자리에서 나의 생이 다할 때까지 그렇게 있
어 주면 얼마나 좋을까?
　　소망을 한다는 것은 불가능하기 때문일지 모른다. 그것이
너무나 어렵기에 더욱 소망하게 되는 것 같다. 하지만 그것을
너무나 잘 알면서도 소망을 버리지 못하는 것은 무슨 이유인
걸까?

나는 누군가에게 별이 될 수 있는 사람일까? 잠시의 기쁨이라도 전해 줄 수 있는 그런 역할이라도 할 수 있는 사람인 걸까?

마음속에 빛나는 별이 사라지지 않기를 희망할 뿐이다. 나의 곁에서 어두운 밤을 함께 지새워주는 그런 조그만 별 하나라도 오래도록 빛나기를 소망한다.

44. 때를 안다는 것

　사람은 성숙해질수록 때를 알게 되는 것 같다. 이는 나 자신을 객관적으로 바라볼 수 있고 세상을 관조할 수 있기 때문이다. 자신의 주관대로, 자기 고집대로, 주장하고 억지를 부리는 것은 아직은 성숙하지 못하기에 그런 것이 아닐까 싶다.

　나서야 할 때와 물러서야 할 때, 말을 해야 할 때와 침묵해야 할 때, 참아야 할 때와 참아서는 안 되는 때, 그만두어야 할 때와 계속해서 노력해야 할 때, 받아들여야 할 때와 아직은 더 기다려야 할 때, 도움을 청해야 할 때와 도움을 주어야 할 때, 사랑할 때와 이별을 해야 할 때, 정을 주어야 할 때와 정을 떼야 할 때, 결정을 해야 할 때와 아직은 숙고할 때, 이처럼 우리는 수많은 때를 접해야 하고 그러한 때를 객관적으로 잘 판단해야 한다.

〈낙화〉

　　이형기

가야 할 때가 언제인가를
분명히 알고 가는 이의
뒷모습은 얼마나 아름다운가

봄 한철
격정을 인내한
나의 사랑은 지고 있다

분분한 낙화
결별이 이룩하는 축복에 싸여
지금은 가야 할 때

무성한 녹음과 그리고
머지않아 열매 맺는
가을을 향하여

나의 청춘은 꽃답게 죽는다

헤어지자
섬세한 손길을 흔들며
하롱하롱 꽃잎이 지는 어느 날

나의 사랑, 나의 결별
샘터에 물 고이듯 성숙하는

내 영혼의 슬픈 눈

　가장 중요한 것은 바로 자연의 흐름처럼 원리에 맞게 내버려 두는 것이다. 물이 흘러가는 것처럼 때도 순리대로 흘러가게 맡겨야 한다. 이별을 해야 하는 데 고집을 피운다고 해서 이별을 막을 수는 없다. 때가 되었기에 이별을 하는 것이다. 꽃이 떨어질 때가 되었는데 지지 않으면 이 또한 다른 문제가 될 수 있다. 봄이 되었으면 꽃이 피고 가을이 되었으면 나뭇잎이 떨어져야 한다.
　때를 받아들이는 것이 힘들지는 모르나 때를 받아들이지 못함이 더 커다란 아픔을 가져다줄지 모른다. 이 세상에 영원한 것은 없으니 영원에 집착한다는 것 자체가 문제가 되기 때문이다.
　모든 것은 변하고 모든 것은 왔으면 가기 마련이다. 아무리 나 자신이 그것에 반대할지라도 이를 돌이킬 수 없는 것이 현실이며 진리이다. 때를 알고 받아들이는 것, 그것이 보다 더 큰 자유를 누릴 수 있는 길이 아닐까 싶다.

45. 미련이 남겠지만

　자신이 진정으로 사랑했던 것이 허무하게 끝나기를 바라는 사람이 어디에 있을까? 좋았던 순간에 대한 미련은 남기 마련이다. 조금이라도 정말 조금이라도 그 아름다웠던 시간이 계속되기를 바라는 마음은 너무나 당연할 것이다.

〈목련 후기〉

복효근

그대를 향한 사랑의 끝이
피는 꽃처럼 아름답기를 바라는가
지는 동백처럼
일순간에 져버리는 순교를 바라는가
아무래도 그렇게는 돌아서지 못 하겠다
구름에 달처럼은 가지 말라 청춘이여
돌아보라 사람아
없었으면 더욱 좋았을 기억의 비늘들이

타다 남은 편지처럼 날린대서
미친 사랑의 증거가 저리 남았대서
두려운가
사랑했으므로
사랑해버렸으므로
그대를 향해 뿜었던 분수 같은 열정이
피딱지처럼 엉켜서
상처로 기억되는 그런 사랑일지라도
낫지 않고 싶어라
이대로 한 열흘만이라도 더 앓고 싶어라

아름다운 순간이 있었던 것으로 충분하다. 뜨거운 열정이 나에게 행복을 주었기에 그러한 순간이 나의 생에 존재했다는 것만으로도 만족한다.

순수하고 가슴 벅찼던 시간들이 있었음은 축복이라 할 것이다. 마음 속 깊이 고이 간직하고 이제는 추억으로 남겨놓아야 할 때이다.

그래도 아쉽다면 조금만 더 앓는 것으로 마무리해야 하지 않을까 싶다. 더 오래 계속 앓는다면 그것은 아름다운 순간마저 잃어버리게 될 수 있기 때문이다.

나에게도 그런 순간들이 있었음에 감사하고 조금만 더 아프기로 하자. 그리고 이제는 훌훌 털고 다시 나의 길을 가야 하지 않을까 싶다.

46. 자목련의 흔들림

　모든 것이 항상 그 자리에 있는 것은 아니다. 그 자리를 지키고 있을 것이라 믿는 것은 그저 소망에 불과할지도 모른다. 모든 것은 언젠가 그 자리를 지켜내지 못하고 떠나가게 된다.

〈바람〉

　　김춘수

자목련이 흔들린다
바람이 왔나 보다
바람이 왔기에
자목련이 흔들리는가 보다
작년 이맘때만 해도 그렇지가 않았다
자목련까지는 길이 너무 멀어
이제 막 왔나 보다
저렇게 자목련을 흔드는 저것이
바람이구나

왠지 자목련은
조금 울상이 된다
비죽비죽 입술을 비죽인다.

　작년까지 흔들리지 않았던 자목련은 왜 올해 흔들리는 걸까? 작년에도 바람이 불었건만 왜 몰랐던 것일까?

　소중한 것이 내 곁에 있으면 그 소중함을 모르는 경우가 대부분이다. 그것이 어느날 사라져 버리고 나서야 바람이 불었는지 알게 되는가 보다.

　바람이 불어도 그 자리에 있을 것이라 생각했다. 설마 무슨 일이 생길 것이라고는 생각지 못했다. 하지만 바라지 않았던 일이 나에게도 일어났다. 언제나 그 자리에 있을 것이라 믿었던 것이 그렇게 사라져 버렸다.

　아프지만 어쩔 수가 없다. 내가 할 수 있는 일이라곤 그저 눈물을 흘리는 것 뿐이다. 마음속으로도 떠나보내야만 하는 운명이 야속할 뿐이다.

47. 숙명

숙명은 어쩌지를 못한다. 그것은 나의 한계를 넘는 것이기에 받아들여야만 하는 것이다. 나의 능력은 그저 조그만 산 하나를 넘는 정도에 불과하다. 예전엔 그것을 몰랐기에 나의 의지대로 하려했지만 이제는 그것을 알기에 더 이상을 바라보는 것은 할 수가 없다.

〈배경〉

박목월

제주읍에서는
어디로 가나, 등 뒤에
수평선이 걸린다
황홀한 이 띠를 감고
때로는 토주를 마시고
때로는 시를 읊고
그리고 해질녘에는
서사에 들르고

먹구슬나무 나직한 돌담 문전에서
친구를 찾는다
그럴 때마다 나의 등 뒤에는
수평선이
한결같이 따라온다
아아 이 숙명을, 숙명같은 꿈을,
마리아의 눈동자를
눈물어린 신앙을
먼 종소리를
애절하게 풍성한 음악을
나는 어쩔 수 없다

　아무리 달려도 내 그림자는 나를 따라오기 마련이다. 나에 속한 것은 그 자체가 나이기에 이를 부정한다는 것은 나 자신을 부정하는 것과 다름아니다.

　그러한 숙명이 주어진 것에 대해 감사해야 하는 것이 아닐까? 끝까지 나와 함께 하기 위해 나의 곁에 머무르려 하는 그러한 숙명이 있다는 것 자체를 고마워해야 한다.

　어떤 이는 그러한 숙명을 원하더라도 주어지지 않는 경우도 있다. 너무 허무하게 자신의 곁을 지키는 숙명이 사라져 버리기도 한다.

　수평선이 있기에 해가 넘어가는 것을 볼 수가 있다. 그러한 배경없이는 어떤 일이 일어나는지 알 수가 없다. 나에게 주어진 배경을 이제는 사랑해야 하는 것이 아닐까?

48. 아빠의 마음

큰애가 초등학교 1학년 입학하던 때가 생각이 난다. 예쁜 코트를 입고 배정받은 반 맨 앞에 얌전히 서 있었다. 그의 뒷모습을 한없이 바라보았다. 앞으로 좋은 일만 있기를 기원하면서, 밝은 미래만 있기를 소망하면서 한없이 바라보았다.

이제는 그것이 추억으로만 남아있다. 그때를 생각하면 그냥 마음이 울컥하는 것이 눈물이 난다. 왜 아이들을 생각하기만 해도 눈물이 나는지 모르겠다.

〈기다림〉

피천득

아빠는 유리창으로
살며시 들여다보았다
귀밑머리 모습을 더듬어
아빠는 너를 금방 찾아냈다

너는 선생님을 쳐다보고
웃고 있었다

아빠는 운동장에서
종 칠 때를 기다렸다

　학교가 끝나 아이가 나오기만을 기다렸다. 그 시간이 전혀
길게 느껴지지 않는 이유는 무엇 때문일까? 사랑하는 사람을
기다리는 것보다 더 행복한 것이 있을까?
　가장 행복했던 시절은 나의 분신인 아이를 생각하며 그를
기다리고 그를 그리워하는 때가 아닌가 싶다. 더 이상 바라는
것 없이 그냥 존재하는 것만으로도 충분한 그런 순간들이 있
었다.
　이제는 더 이상 그러한 순간이 나에게 존재하지 않는다. 나
의 마음이 아이에게는 이제 방해만 될 뿐이다. 멀리서만 지켜
보고 사랑하는 마음을 고이 간직하는 것만이 이제 내가 할
수 있는 일의 전부일 뿐이다.
　나의 아이들에게 향한 마음은 그때나 지금이나 한결같이
변함없다.

49. 살아계신 것만으로도

　　다른 무엇보다도 있는 그대로 받아들여야 하는 것은 부모님이 아닐까 싶다. 나이가 들수록 더욱 그렇게 되는 것 같다. 예전에야 부모님에 대한 아쉬운 마음이 없었던 것은 아니나 이제는 더 이상 그런 것은 없다. 그저 내 옆에서 살아계신 것만으로도 더 이상 바랄 것이 없다.

〈아버지의 그늘〉

　　　　　　신경림

툭하면 아버지는 오밤중에
취해서 널부러진 색시를 업고 들어왔다
어머니는 입을 꾹 다문 채 술국을 끓이고
할머니는 집안이 망했다고 종주먹질을 해댔지만
며칠이고 집에서 빠져나가지 않는
값싼 향수내가 나는 싫었다
아버지는 종종 장바닥에서

품삯을 못 받은 광부들한테 멱살을 잡히기도 하고
그들과 어울려 핫바지춤을 추기도 했다
빚 받으러 와 사랑방에 죽치고 앉아 내게
술과 담배 심부름을 시키는 화약장수도 있었다

아버지를 증오하면서 나는 자랐다
아버지가 하는 일은 결코 하지 않겠노라고
이것이 내 평생의 좌우명이 되었다
나는 빚을 질 일을 하지 않았다
취한 색시를 업고 다니지 않았고
노름으로 밤을 지새지 않았다
아버지는 이런 아들이 오히려 장하다 했고
나는 기고만장했다, 그리고 이제 나도
아버지가 중풍으로 쓰러진 나이를 넘었지만
나는 내가 잘못했다고 생각한 일이 없다
일생을 아들의 반면교사로 산 아버지를
가엾다고 생각한 일도 없다, 그래서
나는 늘 당당하고 떳떳했는데 문득
거울을 보다가 놀란다, 나는 간 곳이 없고
나약하고 소심해진 아버지만이 있어서
취한 색시를 안고 대낮에 거리를 활보하고
호기있게 광산에서 돈을 뿌리던 아버지 대신,
그 거울 속에는 인사동에서도 종로에서도
제대로 기 한번 못 펴고 큰소리 한번 못 치는

늙고 초라한 아버지만이 있다.

　과거는 과거일 뿐이다. 어떤 일이 있었건, 어떠한 모습이었던 지나간 것은 지나간 대로 그저 간직하는 것으로 족하다. 이 세상에 완벽한 사람은 존재하지 않는다. 부모님 또한 마찬가지이다. 나름대로 사정이 있고 나름대로 이유가 있을 것이다.

　이해하려 할 필요도 없고, 이해하려는 노력도 그리 중요한 것이 아니다. 가장 중요한 것은 있는 모습 그래도 받아들이는 것이 아닐까 싶다.

　세상을 경험해보지 않았을 경우에는 세상을 잘 모른다. 그저 머릿속으로, 생각만으로 세상을 다 아는 것 같았지만 살아보고 나면 전혀 그렇지 않다는 것을 깨닫게 된다.

　부모님의 경우도 마찬가지다. 예전에 몰랐던 것, 이해할 수 없었던 것을 이제야 깨닫고 이해가 되고 마음속으로 받아들일 수가 있게 된다. 그나마 살아계셨을 때 이를 깨닫게 된 것이 다행이다.

　남아있는 시간 함께 할 수 있다는 것만으로도 하늘이 내려준 축복이 아닐 수 없다. 옆에 살아계신 것만으로도 진정 감사할 뿐이다.

50. 그 사람이 있는가

순수했던 젊은 시절에 만났던 운명같은 사랑은 평생 잊지 못할 가장 아름다웠던 인생의 한 면이 아닐까 싶다. 최인호의 〈겨울 나그네〉는 젊었던 시절 마음속 깊은 곳에 자리잡았던 사랑에 대한 이야기이다.

"그때 그 사람은 어디에 있는가. 그때 그 젊고 아름답던 청년은 어디에 갔는가? 그 청년의 흔적을 이 무덤 속에서 찾을 것인가. 아니다. 그것은 잠시 하늘에 떠가는 구름이 한순간 저희들끼리 어우러져 만들었던 하나의 영상에 불과한 것이다. 목련꽃 그늘 아래서 베르테르의 편지를 읽고 구름꽃 피는 언덕에서 피리를 불던 기억은 시든 풀잎을 스쳐가는 무심한 바람에 불과한 것."

이제는 지나가 버린 그 순수했던 시절, 돌아오지 않을 그 아름다웠던 순간은 평생 마음 깊이 자리잡고 있다. 어찌 그 시절을 잊을 수가 있을까? 마음 같아서는 그러한 시절이 다시 오기를 바라지만, 결코 오지 않기에 더욱 가슴이 아픈 것인지도 모른다.

"나는 얼마나 그 사람을 사랑했던가. 아득히 먼 옛 기억 속에서 나는 그 사람만을 사랑하고, 그 사람만을 생각하고,

그 사람만을 기도했다. 생각하는 것만으로도 행복했다. 기도하는 것만으로도 행복했다. 생각난다. 그 언젠가, 그 사람을 찾아서 설악산 계곡으로 홀로 가던 옛 추억이, 그날 밤 물가에서 입맞추던 그 첫키스의 날카로운 기쁨이."

한 명을 진심으로 사랑하는 것보다 더 의미 있는 것이 있을까? 이 세상 그 무엇보다도, 아니 이 세상 전부보다도 더 소중하게 생각되었던 그 사랑을 어찌 잊을 수가 있을까? 세상 모든 것을 다 준다해도 결코 바꿀 수 없는 그 간절함은 행복 그 자체였을 것이다.

"그 사람은 어디에 있을까. 사랑하고 그토록 생각하고 그토록 기도하던 그 사람은 어디에 있을까. 그 사람이 저 무덤 속에 있다는 것은 거짓이다. 그 아름답던 젊음은 저 무덤 속에 묻혀 있는 것이 아니다. 마음의 헛간 속에 채집되어 있다. 그 사람은 어디에 있는가. 그 사람은 어디로 갔는가. 옛날을 말하던 기쁜 우리들의 젊은 날은 어디로 갔는가. 이제는 다시는 돌아오지 못한다. 기쁜 우리들의 젊은 날은 저녁놀속에 사라지는 굴뚝 위의 흰 연기와도 같았나니."

사랑했던 그 사람은 이제 어디 있는가? 더 이상 보고 싶어도 볼 수 없고, 이야기하고 싶어도 할 수 없고, 무언가 함께 하고 싶어도 할 수 없는 그 사람을 이제 결국은 볼 수 없는 것일까?

그 사람 없이 살아간다는 것은 희망 전체를 잃어버린 것인지도 모른다. 이제 할 수 있는 것은 서쪽 하늘의 붉은 노을을 바라보며 그 사람을 생각하는 것 밖에는 없다.

행복에 대한 소망

정태성 수필집

초판 발행 2023년 5월 25일

지은이 정태성
펴낸이 도서출판 코스모스
펴낸곳 도서출판 코스모스
주소 충북 청주시 서원구 신율로 13
전화 043-234-7027
팩스 050-7535-7027

ISBN 979-11-91926-67-5

값 12,000원